修訂版

中學生文學精讀・陶淵明

璧華　選注

責任編輯	許正旺
書籍設計	吳冠曼
書籍排版	陳先英

書　　名	**中學生文學精讀・陶淵明**（修訂版）
選 注 者	璧　華
出　　版	三聯書店（香港）有限公司
	香港北角英皇道 499 號北角工業大廈 20 樓
	Joint Publishing (H.K.) Co., Ltd.
	20/F., North Point Industrial Building,
	499 King's Road, North Point, Hong Kong
香港發行	香港聯合書刊物流有限公司
	香港新界荃灣德士古道 220-248 號 16 樓
印　　刷	美雅印刷製本有限公司
	香港九龍觀塘榮業街 6 號 4 樓 A 室
版　　次	2022 年 5 月香港第一版第一次印刷
規　　格	特 16 開（150 × 210 mm）184 面
國際書號	ISBN 978-962-04-4946-8

目錄

文

凡例

一、本書精選能代表陶淵明文學成就的詩文四十九篇，供中學生、大專學生以及中國古典文學愛好者閱讀欣賞。

二、所選作品盡可能按撰寫年代先後為序，以俾讀者透過作品知悉作者的思想與創作的發展過程。

三、書前有序言，全面而系統地評介作者及其作品，令讀者得以統覽作者全人及作品全貌。

四、每篇作品分題解、語譯、注釋、賞析等項，幫助讀者讀懂該作品。分別說明如下：

題解：解釋題意，揭示主旨，介紹時代背景，作者撰寫該作品時的思想與生活狀況，以及與作品有關的一些外緣資料。

語譯：文言與語體並列，左右對照，方便讀者閱覽。譯詩保持詩的形式美：句子整齊、音韻和諧。

注釋：補充語譯中所無法表明者，注文務求做到通俗簡明，少給讀者留下難點。書中所有古書引文，均附語譯，省卻讀者翻檢辭書之勞。

賞析：深入淺出地闡明作品內涵，分析其表現手法，評價其美學價值。詩無達詁，一首詩可以有多種詮釋，本書羅列其主要者，爾後提出己見。讀者可透過比較，深入理解該詩，增加閱讀興趣並提高文學鑑賞能力。

陶淵明詩歌的文化意蘊（前言）

一個作家如果能以敏銳的藝術感受，圓熟的表現技巧，展示本民族的內心世界與文化特質，其作品就可能會超越時空，引起人們永恆的共鳴，並具有不朽的價值。陶淵明即屬此類作家。他流傳下來的作品有詩歌一百二十多首，散文辭賦等十二篇，幾乎件件都是精品，其中《歸園田居》、《讀山海經》、《飲酒》、《詠荊軻》（以上是詩歌）、《五柳先生傳》、《歸去來兮辭》、《桃花源記》（以上係散文辭賦）等更為膾炙人口的代表作。

徘徊於「仕」與「隱」之間

陶淵明，字元亮，一說名潛，字淵明，東晉潯陽柴桑（今江西省九江市西南）人。生於東晉哀帝興寧三年（公元 365 年），卒於南朝宋文帝元嘉四年（公元 427 年），享年六十三歲。他去世後，友好諡他為「靖節徵

士」，故又稱陶靖節。

陶淵明出身在一個世代仕宦之家。曾祖陶侃官至大司馬（輔佐天子執政的三位大臣之一），封長沙郡公，祖陶茂與父陶逸均做過太守（一郡的行政長官）。只是到陶淵明少年時，家道已經中落。八歲不幸喪父，生活陷入困境，經常缺吃少穿，為家計傷透腦筋。在《與子儼等疏》中形容當時的情況是：「少而窮苦，每以家弊（貧乏），東西遊走（四處奔走）」，可見匱乏之一斑。

儘管陶淵明為生活所逼，必須從事農耕，但他生性熱愛大自然，閒暇之時，經常從大自然中得到精神的慰藉。在《與子儼等疏》中有以下生動的描述：「少學琴書，偶愛閒靜，開卷有得，便欣然忘食。見樹木交蔭，時鳥變聲。亦復歡然有喜。常言五六月中，北窗下臥，遇涼風暫至，自謂是羲皇上人。」他一邊學彈琴，一邊讀書，從琴書中得到愉悅，眼前呈現的是成蔭的樹木，聆聽到的是鳥兒的鳴囀，清風吹來，使詩人覺得自己彷彿脫離了俗世而返回樸素的上古社會，那麼自由自在，無拘無束。

詩人喜愛大自然，厭惡束縛重重的世俗生活。但是由於貧窮，需要養家；再加上自幼讀的是儒家經典（在《飲酒》第十六首中，說自己少年時是「游好在六經」），熱愛的是儒家的《詩》、《書》、《禮》、《樂》、《易》、《春秋》六本經典；所受的也是傳統的儒家教育：要建立功業，做有利於國家社稷、黎民百姓的事。於是他在二十九歲那年，「投耒去學仕」（《飲酒》第十九首），出仕為江州（今江西省九江市一帶）祭酒（官僚子弟學校的長官）。但是官場的混濁與詩人耿介的性格水火不相容，他無法忍受，沒做多久就「自解歸」（辭職回鄉）。還鄉後，曾被召為江州主簿（掌管文書簿籍的官職），他謝絕了。直至三十五歲那年，他才投奔到荊、江二州刺史桓玄門下任幕僚（地方軍政長官的參謀、書記、顧問等）。桓玄原本具有重整朝綱、匡救時弊的才能與抱負，陶淵明前往投靠，是希望透

過桓玄實現自己建立功業大濟蒼生的理想，但是桓玄一旦大權在握，根本沒有安定天下的打算，而是奢侈縱逸，政令無常，濫殺舊將，酖殺皇叔會稽王司馬道子，密謀篡位。結果令「朝野失望，人心不安」，於是陶淵明離開了他。後來他又投奔鎮軍將軍（權勢極重的軍事將領）劉敬及建威將軍劉毅宣手下任參軍（也是幕僚一類的文官），還做了八十多天的彭澤（在江西省北部、長江南岸）縣令（一縣的行政長官），但是他發覺官場的一切都與自己的志向不合，在四十一歲時便毅然「息駕歸閑居」（《飲酒》第十首），辭官歸隱去了。還堅決表示「吾駕不可回」（《飲酒》第九首）。

　　從二十九歲到四十一歲的十三年間，陶淵明一直在「做官」與「歸隱」之間進進出出，徘徊不定。在田園賦閑時，化為「總角聞道，白首無成」（《榮木并序》）而覺得有負儒家的教誨；在官場周旋時，他又覺得誤落「塵網中」，有「羈鳥戀舊林，池魚思故淵」（《歸園田居》）的失落感。這種「仕」與「隱」之間的矛盾在中國歷代不少飽讀儒家經典的讀書人之間均存在着，因為按照孔子的教導是：「邦有道，則仕；邦無道，則可卷而懷之。」（《論語・衛靈公》）國家政治清明，就出來作官；政治昏暗，就可以收藏自己的才能而隱退。陶淵明所處的乃是非混淆、善惡莫辨、黑白顛倒、譽毀雷同的昏暗時代（《飲酒》第六首云：「是非苟相形，雷同共譽毀」），他想進而「大濟蒼生」不可能，只好退而潔身自好，踏上歸隱之路。

藝術魅力的來源

　　儘管陶淵明在詩歌、散文、辭賦方面均有很高的造詣，但價值最高、對後世影響最大的當數詩歌中的田園詩。他的田園詩為什麼具有如此巨大的藝術魅力呢？

陶淵明的田園詩的藝術魅力並不在於他以生動的語言給我們描繪出一幅幅美麗的田園圖畫，而是他在這幅圖畫中寄託了詩人的社會理想，表現了詩人的人生哲學。

在《桃花源記并詩》中，陶淵明為掙扎於苦難深淵中的人們虛構出一幅與世隔絕的人間樂園——桃花源。在那裏，人人自由耕作、自食其力、無君無臣、平等和諧相處，不知改朝換代為何事，更沒有戰爭的恐懼，環境是如此優美、和平、靜謐。這是千百年來，每隔一段時間就有一次朝代更替的大動亂（例如秦漢之交的陳勝吳廣起事、楚漢之爭、漢末的黃巾之亂、三國的混戰等），不斷遭受兵燹、流離失所，生命朝不保夕的中國古代老百姓所夢寐以求的樂土。陶淵明所處的也是戰亂頻仍的時代，其間除了兩次北伐慕容燕、姚秦外，劉裕篡位代晉之前，為爭權奪利而發動的戰爭共有十一次之多，老百姓能不希望有世外桃源可以逃避戰亂嗎？

陶淵明實際上是把道家創始人老子的「小國寡民」（國家小，人民少）的理想社會具體化，形象化了。老子是如此描述這社會的：「那裏沒有戰爭，雖然有兵器，也沒有地方用。在這個社會裏，人民生活得很幸福，他們吃得很有滋味，穿得很漂亮，住得很舒適，日子過得很愜意。雖然住得很近，雞鳴犬吠的聲音可以互相聽見，可是人們到老死都不互相往來。」（《老子·八十章》）

陶淵明接受了道家的社會理想，也憧憬道家的追求自由適性，無拘無束的生活態度。他認為喧囂的世俗是「牢籠」，只有陶醉在大自然恬靜的懷抱中才能達到「物我兩忘」，使受束縛的靈魂得到徹底的解脫，苦悶的精神獲致永恆的慰藉。在《歸園田居》其一中，他描述自己「入仕」就似「羈鳥」——關在籠子裏的鳥，「池魚」——養在池塘裏的魚；一旦返回靜穆、恬適的田園，是「久在樊籠裏，復得返自然」。

陶淵明熱愛自然，觀望自然景物時容易達致形凝神釋，物我交融以致

物我兩忘。以代表作《飲酒》第五首中的名句「採菊東籬下，悠然見南山」為例，清代著名詩人與詩論家袁枚把它與謝靈運的名句「池塘生春草，園柳變鳴禽」（《登池上樓》）相比道：「漢魏古詩，氣象混沌，難以句摘——漢魏古詩具有古樸自然，渾然成一整體的風貌，不能摘出某句來說它特別精彩——晉以後方有佳句。如淵明『採菊東籬下，悠然見南山』，謝靈運『池塘生春草，園柳變鳴禽』之類。謝所以不及陶者，康樂（謝靈運的字）之詩精工，淵明之詩質（質樸）而自然耳。」為什麼「精工」就不如「質而自然」，袁枚似乎未講明白。其實謝詩是寫初春草木繁榮滋長、百鳥爭鳴的景象。青草繁茂，遠看彷彿生長到池塘裏去了；在濃密林蔭中的吱喳鳥鳴，也好像是園中的柳樹自己在鳴囀（此二句有人解釋為：池塘邊嫩草初生，園中柳樹上各種鳥在宛轉的啼叫，把「變鳴禽」解釋為，「因園中鳥兒類眾多，所以鳴聲宛轉多變」亦通），句中的「生」與「變」二字用得十分精巧，堪稱詩眼，誠為佳句。但創作過程中詩人始終站在旁觀者或欣賞者的立場。我們讀此二句詩的感受也只覺得所描述的景物賞心悅目而已。陶詩則不同，詩人採菊時豁達閒適的心情，和暮色中雍容肅穆的南山在猝然相遇的瞬間融成一片，無法分清孰為淵明，孰為南山。二者間的微妙關係，並非吾人理智所能分辨，因此欣賞時覺得意味無窮。正如詩人在採菊東籬下，大自然的美景撲入眼簾，他感悟到「此中有真意」，但「欲辨已忘言」（其中有宇宙人生的奧秘與真諦在，但不是言語所能表達）一樣，我們對此詩所涵蓋的內蘊，也不知應該從何說起。這是文藝作品的最高境界了。

陶淵明詩中所表現的詩人與自然的交融（物我交融）和我國幾千年來是一個自給自足的農業社會有密切的關係，它是農業文明在中國古代自然觀中的體現。人們承受着大自然的恩賜，與大自然息息相關，因此自然界包括草木鳥獸蟲魚在內的種種物體成為他們的良伴，使得外在世界的種種

風雲變幻，花開花落，日出日沒，月圓月缺，星現星隱，天晴天陰，都能與人們產生一種生命的共感，於是天（自然）和人合一了。感物而動，物我交融，意境和諧，成了我國古代詩歌，而且也是我國古代文化的一個重要特徵。

但是，除了田園詩，我們還應該去讀其他題材的詩作。

陶淵明的詩歌基本上可以分為兩大類：即田園詩和詠懷詩。很可惜，許多人只知道陶淵明寫了許多首和平靜穆的田園詩，而不曉得他也創作了不少激動人心的詠懷詩。這是因為以往本港中學的中國語文與中國文學教科書只選前者，不選後者，這兩套教科書一共只選了《移居》（其二）一首，《歸園田居》三首詩和《桃花源記》、《歸去來兮辭》兩篇散文和辭賦，所有的主題均與田園有關。只讀這些作品，怎能對陶淵明有全面的認識呢？

魯迅說：「被選家錄取了《歸去來辭》和《桃花源記》，被論客讚賞着『採菊東籬下，悠然見南山』的陶潛先生，在後人的心目中，實在飄逸得太久了。」以詩而論，「除論客所佩服的『悠然見南山』之外，也還有『精衞銜微木，將以填滄海，刑天舞干戚，猛志固常在』（《讀山海經》第十首）之類的『金剛怒目』式。在證明着他並非整天整夜的飄飄然。這『猛志固常在』和『悠然見南山』的是一個人，倘有取捨，即非全人，更加抑揚，更離真實」。（《且介亭雜文二集·〈題未定〉草（六至九）》）

因此，想真正瞭解陶淵明，必須鑑賞他的諸如《雜詩》、《榮木》、《飲酒》、《擬古》、《讀山海經》、《述酒》、《詠荊軻》等從多側面、多角度，用多種表現手法（直抒胸臆、借古喻今、比喻象徵與寄託等）抒寫情志的詠懷詩。在詠懷詩中，有出仕與歸隱的內心矛盾，有建立功業的遠大抱負，有壯志不獲騁的抑鬱不平，有固窮守節的高潔情操，有除暴復仇的英雄志行，有前朝覆滅的綿綿遺恨，有弒君篡位者的殘酷暴虐；有對是非

不分、譽毀雷同不合理現實的嚴厲申斥，有對趨炎附勢追逐名利者的冷嘲熱諷等，內容繁豐，如細心探討，當會發現陶詩中純粹寫田園的詩只佔三分之一，而詠懷詩卻有三分之二，其質素並不遜於前者。我們應該認真閱讀它。

樸素自然的語言風格

樸素自然，平淡潔淨是陶淵明詩歌語言風格的主要特點，這是為歷代詩評家所公認的。例如南朝梁鍾嶸說他的詩「文體省淨，殆無長語；篤意真古，辭興婉愜」（風格簡練潔淨，幾乎沒有多餘的話；至愛真純古樸，辭意婉約恰當），宋秦觀說他的詩「長於沖淡」，朱熹說他的詩「平淡出於自然」。更為難得的是陶詩能達到蘇東坡所讚美的「質而實綺、癯而實腴」（表面質樸實際是很華麗，外形乾瘦實質卻很豐滿）的最高藝術境界。他的詩，很少使用典故，亦少煉字煉句，更少敷彩設色，而是不假雕琢的從心中自然流露出來。但卻形象飽滿，詩意盎然，韻味無窮，給人帶來極大的驚喜和至高的藝術享受。例如《癸卯歲始春懷古田舍二首》，二首各有兩句用白描手法表現春日清晨田野的景象：「鳥哢歡新節，泠風送餘善」（第一首）「平疇交遠風，良苗亦懷新」（第二首）這四句詩沒有華麗的詞藻，也沒有精心的雕琢，詩人即景生情，按捺不住內心的激動，把它寫下來，就成為千古名句。這四句詩並非客觀地無動於衷的景物描寫，而是詩人將他首次參加春耕的新鮮感受以及對田園真摯的愛意，自然而然地流瀉在所描寫的景物之上，達到情景交融的境地。陶淵明寫景並不以細緻刻劃見長，而是以寫意傳神取勝。上引四句詩，前兩句抓住「哢」、「送」二字，寫出春日田園熱鬧的新氣象；後二句握緊「交」、「亦」二字，一方面描繪平坦田野上和風從四面八方交相吹拂的情狀，另一方面展示優良的

新苗因為風調雨順也茁壯成長，滿眼一片清新的翠綠欲滴的景象。少少的二十個字，就把春天的美態表現得如此淋漓盡致，可以觀止矣。

朱自清在他的名篇《春》裏面有對春天的和風吹拂與鳥兒鳴囀情狀的生動描述可以給那四句陶詩做注釋：「『吹面不寒楊柳風』，不錯的，像母親的手撫摸着你。風裏帶來些新翻的泥土的氣息，混着青草味兒，還有各種花的香，都在微微潤濕的空氣裏醞釀。鳥兒將窠巢安在繁花嫩葉當中，高興起來了，呼朋引伴地賣弄清脆的喉嚨，唱出宛轉的曲子，與輕風流水應和着。」相較之下，可以顯示陶詩的樸素自然、清新簡潔，它用二十個字就能描述《春》中用一百零二字散文所描述的美麗春光。

這是陶詩的魅力，也是漢語的魅力。

璧華

2000 年 7 月 10 日

詩

雜詩（四首選一）

【題解】

　　這是留傳下來的陶淵明的十二首《雜詩》中的一首。這十二首詩不是寫於同時。前八首詞意比較連貫，可能是晚年之作；後四首則意旨隱晦，很難確定其創作年代。人們只能從字裏行間所透露的些微信息去推論。

　　我們在細細咀嚼這首詩之後，綜合其思想情緒和作品風格，可以得出乃是陶氏早年之作的結論；更可以根據詩中有「年始三五間」之句認為它是寫於十五歲之時，那時正當晉孝武帝太元四年（公元 379 年）。

　　詩中以初生之松自況，描繪了詩人自幼性格樂觀開朗，富有進取心。其中呈現的清新的朝氣與屈原早年創作的《橘頌》有頗多相類之處。

　　雜詩：詩體的一種，從「雜」字顯示出這類詩的體例和內容均比較自由，沒有固定的格式。作者與外界接觸時，內心有所感，發而為詩。寫時

不一定有題目，後來積累多了，就統稱為雜詩，也可能是由於作品有所寄託，不便明白標題，遂以「雜」命名，實際上是無題的。

【譯注】

嫋嫋松標崖 ❶，	嫩弱的松樹在懸崖的頂巔，
婉孌柔童子 ❷。	彷彿面貌美好柔和的少年。
年始三五間 ❸，	年齡剛剛十五真小的可憐，
喬柯何可倚 ❹？	怎能冀盼它枝條聳入雲天？
養色含津氣 ❺，	保養顏色元氣充盈了丹田，
粲然有心理 ❻。	性格開朗常展露燦爛笑臉。

❶ 嫋嫋：同嬝嬝，形容細長柔軟的東西隨風搖動，這裏是描繪在懸崖頂巔的小松樹隨風擺動的姿態。標：樹梢。

❷ 婉孌：年少而美好的樣子。童子：少年。

❸ 三五：即十五，這種構詞法在古文中常見，如「二八年華」，二八，即十六。同此。年始十五，年齡才十五歲。間，有左右之意。

❹ 喬柯：高大的樹枝。何可倚：怎麼可以指望。倚，倚重，引申為指望、期望。這句是倒裝句，原本應為：何可倚（於）喬柯。

❺ 色：氣色。含：包含，保持。津：津液，體內一切液體的總稱。氣：精氣，即精神、精力。中醫認為津液精氣是人體不可或缺的要素，所以人必須在這方面精心調理，才能得以保持。

❻ 粲然：露出牙齒笑的樣子，這裏形容性格開朗樂觀。心理：心態，精神狀態。

【賞析】

　　這首詩詠在懸崖絕壁上的初生松樹，寄託了陶淵明少年時期的志向與抱負。表明了他寬闊坦蕩的襟懷。他明瞭所處環境的險惡，又認識到自己年幼柔嫩，未經磨練，難以擔任大業。第四句用一個設問句：怎樣才能使自己茁壯成長，對社會做出貢獻，引出五、六句的答覆：要保養心神，使精力充沛，以樂觀的心態，十足的信心，迎接未來的挑戰。句型的轉換使整首詩活潑而不呆滯。

　　這首詩具備陶詩固有的樸素自然的特色，把它和屈原的透過歌頌橘樹，表現自己獨立的意志與高潔的情操的早年之作《橘頌》相比，可以看出風格的迥異。屈原是浪漫的。他描繪橘子「綠葉素榮，紛其可喜兮。曾枝剡棘，圓果摶兮。青黃雜糅，文章爛兮。精色內白，類可任兮。紛縕宜修，姱而不醜兮」。說它綠葉襯托白花，繁盛茂密惹人喜愛。重重疊疊的枝子，尖銳鋒利的刺兒，渾圓豐滿的果實。青色與黃色互相輝映，色彩何其燦爛絢麗。外觀精美，內心純潔。姿態多樣而娟好，具有無可挑剔的美麗。把橘樹的美從外形、色澤到內裏的美盡情誇張，感情強烈，是浪漫的。陶淵明筆下的松樹，從形象到其背景均寫得樸質無華，是寫實的。我們可以透過樸質無華的外表，發現豐富的內蘊。這點，正是欣賞陶詩時需要特別留意到的。

庚子歲五月中從都還阻風於規林二首

【題解】

　　據詩題所示,這兩首詩寫於庚子歲。

　　庚子歲:或稱庚子年,古代用天干地支相配的紀年方式。即晉安帝隆安四年(公元 400 年),陶淵明三十六歲。這年,他在荊州(今湖北省江陵縣)刺史(一州掌管軍政的長官)桓玄的幕府(官署)任職。從都還:從京都回返。指詩人奉桓玄之命赴京都建康(今江蘇省南京市)辦公務,然後回返江陵。阻風於規林:指詩人返回江陵途中經過潯陽(今江西省九江市),想順道歸家鄉柴桑(在九江市西南)探親,但所乘的船在離家鄉百里外的規林被大風所阻,不得前行。他遠望廬山下的故鄉,焦急萬分,遂寫下此二首詩。規林:是避風的港灣,地點不詳。

其一

行行循歸路 ❶，	走啊，走啊，沿着歸路，
計日望舊居 ❷。	計算着日子盼早到故居。
一欣侍溫顏 ❸，	一來欣喜可以侍奉慈母，
再喜見友于 ❹。	二來高興能與兄弟相聚。
鼓棹路崎曲 ❺，	搖起船槳道路彎彎曲曲，
指景限西隅 ❻。	指看夕陽墜落西天角隅。
江山豈不險？	跋山涉水怎能説不艱險？
歸子念前塗 ❼。	歸家遊子憂慮自己前途。
凱風負我心 ❽，	南風颳起違背我的心意，
戢枻守窮湖 ❾。	停船困守湖中苦不得出。
高莽渺無界 ❿，	高處茂密草叢渺茫無際，
夏木獨森疏 ⓫。	夏天樹木獨自蓊蓊鬱鬱。
誰言客舟遠？	誰説客船離家十分遙遠？
近瞻百里餘 ⓬。	看起來不過一百多里地。
延目識南嶺 ⓭，	遠望可辨認廬山的峻嶺，
空嘆將焉如 ⓮！	除了空自嘆息又將何如！

❶ 行行：走了又走，不停地走。循：沿着。

❷ 計日：計算回家的日子，表示盼望到家的急切心情。

❸ 溫顏：溫和慈愛的容顏，這裏借代母親。陶淵明乃因「母老子幼」，家境窮困，
被迫離家出去作官的，他事親至孝，所以回家第一件事就是侍奉老母。

❹ 友于：借指兄弟。語出《尚書·君陳》：「友于兄弟」，原意為兄弟相親相愛。
陶淵明沒有同胞兄弟，兩個堂弟和他至為親密。

❺ 棹：船槳，鼓棹：搖動船槳，即划船。崎曲：艱危彎曲。

❻ 景：日影，日光，這裏指夕陽。限西隅：局限在西天的邊際，就是說沉落停留
在西邊。隅，靠邊沿的地方。全句是說日落西山。

❼ 念前塗：憂慮前途，塗，通途，道路。前塗，既指回家的路途，也喻作官的前
程。上句的「江山豈不險」的「險」字同樣含有上述兩層意思，既指旅途的艱
險，也指仕途的險惡。

❽ 凱風：南風。語出《詩經·邶風·凱風》：「凱風自南，吹彼棘薪」（意為凱風
來自南方，吹動棗樹的枝幹）。負我心：違背我的心願。

❾ 戢枻：收起船槳。即停船。戢，收藏。枻，船槳。窮湖：荒遠偏僻的湖澤。
九、十兩句合起來是說，由於南風颳起，使行舟困守窮湖，不能回家侍奉老
母，違背了我的心願。

❿ 高莽：連綿不斷的高地和山坡上茂密的草叢。

⓫ 森疏：樹木繁茂。森，形容樹木繁多。枝葉茂盛，高低疏密有致。

⓬ 近瞻：近看，瞻，往前或往上看。

⓭ 延目：延伸目光，即遠眺，遠望。南嶺：南面的山嶺，可能即是陶淵明在不少
詩中提到的「南山」，南山，一說是廬山，一說是柴桑山，在廬山北麓。在今
江西省九江市西南九十里，陶氏家鄉柴桑即以此山命名。

⓮ 將焉如：又能怎麼樣！焉如，何如。

其二

自古嘆行役 **❶**，	自古以來為跋涉而嘆息，
我今始知之。	我直至今日才全部知悉。
山川一何曠 **❷**，	高山大川多麼遼闊空曠，
巽坎難與期 **❸**，	旅途風波實在難以預期。
崩浪聒天響 **❹**，	驚濤澎湃發出震天巨響，
長風無息時。	狂風猛吹無有止息之時。
久遊戀所生 **❺**，	長久遊宦更加思念家鄉。
如何淹在茲 **❻**？	怎麼可以總是滯留在此？
靜念園林好，	靜靜思量田園多麼美好，
人間良可辭 **❼**。	官場生活早就應該告辭。
當年詎有幾 **❽**，	壯盛年華能有多少日子，
縱心復何疑 **❾**！	隨心所欲吧不要再遲疑！

❶ 行役：因為公務而在外跋涉。

❷ 一何：多麼。

❸ 巽坎：《易經》八個基本卦（八卦）中的兩個卦。八卦是中國古代的一套有象徵意義的符號。用「—」代表陽，用「--」代表陰，用這樣的符號組成八種形式，叫作八卦。每一卦代表一定的事物。巽卦形為☴，代表風；坎卦形為☵，代表水。此句用巽坎兩個卦代表的風與水，形容旅途（或仕途）的風雲難測，表現了作者對自己前途的憂心忡忡。

❹ 崩浪：形容驚濤駭浪洶湧澎湃如山崩地裂。聒：聲音嘈雜。

❺ 久遊：長期遊宦（在外做官）。戀所生：依戀生養自己的人（父母）或地方（家鄉）。

❻ 淹：淹留，滯留。茲：這裏。

❼ 人間：俗世，這裏指官場。良：確實應該。

❽ 當年：正當青春年華。當，適逢。詎：語氣助詞，無實義。

❾ 縱心：放縱自己的心意，即回歸田園，不再受官場的束縛。

【賞析】

其一：開端二句寫亟盼到家的心情。「行行」描述歸路的漫長，「計日」表現歸心似箭。三、四句預想抵家後帶來喜悅的內容：侍奉慈母與兄弟相聚。五至八句寫旅途跋山涉水的艱險，暗寓自己對仕途多波折的憂心。九、十句寫當前困守荒僻湖澤前行不得的苦惱。最後四句寫當前瞻望故鄉就在眼前而又無法到達的無可奈何的心緒。

此詩先寫即將抵家的歡欣，次寫行舟受阻的苦惱，最後寫故鄉可望而又不可即的失望。寫得細緻、曲折而又脈絡清晰，寫景時又有暗寓，使內容深化。

其二：此首在內容上緊承前首。透過這次征途的阻滯，使他明白了為公務奔波的艱辛。大自然的不測風雲與人事的變幻無常使詩人感到厭倦，覺得久留官場無謂，因而產生對慈母與家鄉的極度思念。他認為田園比官場更適合自己，並下定要投入其懷抱的決心，態度頗為堅定。

這首詩對情思的表述不如上首迂迴曲折，而是一氣呵成，讀起來也覺順暢。

宋代理學家朱熹很喜歡這首詩，曾手抄給一個士子，並對他說道：「但能參得此一詩透，則公今日所謂舉業（科舉時代應試的詩文），與夫他日所謂功名富貴者，皆不必經心可也。」頗能道出此詩的意蘊。

辛丑歲七月赴假還江陵夜行塗口

這首詩寫於辛丑歲。辛丑歲，即晉安帝隆安四年（公元 400 年），該年，陶氏仍在荊州刺史桓玄幕府任職。七月，他假期已滿，返回江陵任所。某晚路過塗口（在今湖北省安陸縣境內），即景生情，寫下此詩。詩中抒發了對仕途生活的厭倦，對田園生活的無限嚮往。有辭官歸隱之意。

【譯注】

閒居三十載 ❶，	任職前家居有三十來年，
遂與塵世冥 ❷。	因而完全不知外界情形。

詩書敦宿好 ❸，	習誦詩書加深平素喜好，
林園無俗情 ❹。	山林田園沒有世俗紛爭。
如何捨此去 ❺，	怎麼會捨棄這美好地方，
遙遙至西荊 ❻？	遊宦到十分遙遠的西荊？
叩枻新秋月 ❼，	初秋新月下蕩起了船槳，
臨流別友生 ❽。	在水邊辭別了朋友起行。
涼風起將夕 ❾，	將近黃昏習習涼風吹動，
夜景湛虛明 ❿。	月光下的夜空澄淨透明。
昭昭天宇闊 ⓫，	無邊無際的蒼穹多皎潔，
晶晶川上平 ⓬。	平靜的江面上光亮如鏡。
懷役不遑寐 ⓭，	公務在身沒有時間安眠，
中宵尚孤征 ⓮。	半夜還孤單地奔向前程。
商歌非吾事 ⓯，	哀歌求官事為我所不屑，
依依在耦耕 ⓰。	我依戀的是到田地耘耕。
投冠旋舊墟 ⓱，	扔掉烏紗帽輕鬆回故鄉，
不為好爵縈 ⓲。	不被高官厚爵糾纏不停。
養真衡茅下 ⓳，	居住茅舍培養純真本性，
庶以善自名 ⓴。	也許得以保持自己美名。

---

❶ 閒居：不做官呆在家裏。三十載：陶淵明，二十九歲時初次做官，任江州（治所長官辦事所在地在今江西省南昌市）祭酒（學官名，官像子弟學校的長官），三十是以其不帶零頭的整數而言。

❷ 塵世：紅塵滾滾的世界，指繁華的社會，泛指人世間，與遠離社會一塵不染的田園山林相對而言。冥：隔絕，不溝通。互不瞭解。

❸ 詩書：指《詩經》、《尚書》等儒家經典著作。敦：厚，這裏做動詞「加深」解。宿好：一向的愛好、志趣。

❹ 俗情：世俗中虛情假意，爾虞我詐的人際關係。

❺ 此：指田園生活。

❻ 西荊：荊州，東晉時治所在江陵（今湖北省江陵縣），因為它是在京師建康（今江蘇省南京市）的西面，故稱西荊。西荊，一作南荊，江陵古代屬南方楚國的地方，故西晉稱荊州為南荊。從詩人家鄉柴桑到江陵需行一千二百里水路，故云「遙遙」。

❼ 叩枻：搖動船槳，使船前行。枻，船槳。

❽ 臨流：靠近水流。友生：朋友。《詩經・小雅・棠棣》：「雖有兄弟，不如友生。」生，語助詞，無實義。

❾ 將夕：傍晚時分。這句是倒裝的，應該是「將夕涼風起」。

❿ 夜景：夜影，指月光。景，同影。湛：澄清。虛：天空。明：明澈、透明。

⓫ 昭昭：光明，明亮。天宇：天空。

⓬ 晶晶：潔白光明的樣子。

⓭ 懷役：心中老想着公務。役，需要去勞力的事，這裏指公務。不遑：無暇。

⓮ 孤征：獨自走遠路。

⓯ 商歌：用春秋時衛人寧戚唱商歌求官的故事。商，五音（宮、商、角、徵、羽）之一，其音悲涼，據說寧戚想得到齊桓公的重用，但苦於無人舉薦。有一次，寧戚正在車下餵牛，見桓公出來，故意敲着牛角唱商歌，表達了自己生不逢時的感慨。桓公召見跟他對話後，很高興，給他官做，後來還封他為相。

⓰ 耦耕：二人並肩耕田。語出《論語・微子》：「長沮桀溺耦而耕」。意思是長沮和桀溺兩位隱者並肩耕田。耦，同偶。這句是說自己最戀戀不捨的是以往在田園與其他農民並肩躬耕的情景。

⓱ 投冠：投擲做官的帽子，即棄官之意。舊墟：故里，故鄉。墟，墟里；村落。

⓲ 好爵：理想的官位。縈：束縛。

⓳ 養真：修養純真的本性。衡茅：衡（通橫）木為門，茅草為屋，形容居室十分

簡陋。這句亦是倒裝句，應為「衡茅下養真」。意為在貧困之中，自得其樂，保持自己的純真。

⑳　庶以：也許，表示希望。

【賞析】

　　本詩首四句寫作者在旅途中回憶出仕前三十年遠離俗世在故園恬靜舒適的生活，表達了他誦讀詩書的平生志趣；接着十句描敘行船停泊在江邊目光所及的秋夜景色：遼闊明朗的天空，皎白潔淨的月光，清澈平靜的江水，黃昏習習的涼風，而他不但無福消受此大自然美景，反而公務奔忙，夜不能寐，更加深了詩人對田園閒適生活的嚮往；最後六句抒發了他準備辭官歸故里，過淡泊無華生活的願望。全詩細緻地刻劃了詩人在出世與歸隱之間的複雜心態。

　　本詩結構頗具特色，主要表現在詩句的前後照應上。如開端四句寫自己閒居三十年與塵世隔絕，以及園林脫俗的美，末尾六句則呼應這點，寫自己多麼思念當初的耦耕生活，準備投冠旋歸故里，不再為「好爵」所縈，而在「衡茅」之下「養真」，以保持美名。中間十句中的首二句「如何捨此去，遙遙至西荊？」在結構上既承接前四句，又開啟了後十句，用的是反問句，強烈地表現了當初放棄閒居生活步入官場的後悔之情。

和郭主簿二首

【題解】

　　這兩首詩作於晉安帝元興元年（公元 402 年），陶淵明三十八歲。頭一年冬天，母親病逝，他奔母喪，從江陵辭官歸故里，此後數年便居喪在老家。詩即是寫於閒居之時。

　　詩是為和郭主簿而作。和：音賀，仿照別人的詩詞的題材、文體而作的詩詞。郭主簿：陶淵明的朋友，生平事跡不詳。主簿，負責文書簿籍、掌管印鑑的官。

　　第一首詩寫於盛夏，描述夏日的繁茂以及自己閒居的生活樂趣；第二首寫於深秋，透過清肅秋日傲霜的景物，抒寫自己拋棄功名的高尚節操。

【譯注】

其一

藹藹堂前林 ❶，	多麼繁茂啊堂前的林木，
中夏貯清陰 ❷。	盛夏積滿了清幽的樹蔭。
凱風因時來 ❸，	南風跟隨季節陣陣吹來，
回飆開我襟 ❹。	迴旋着吹開了我的衣襟。
息交遊閒業 ❺，	與世俗斷交過閒適生活，
臥起弄書琴 ❻。	終日不是讀書就是彈琴。
園蔬有餘滋 ❼，	園裏菜蔬多得都吃不完，
舊穀猶儲今。	往年的餘糧仍儲存至今。
營己良有極 ❽，	自己生活的需要很有限，
過足非所欽 ❾。	過於富足並非我所羨欣。
舂秫作美酒 ❿，	搗碎黏高粱釀製成美酒，
酒熟吾自斟。	酒蒸熟之後我自斟自飲。
弱子戲我側 ⓫，	稚弱的孩子在身旁嬉戲，
學語未成音 ⓬。	咿呀學話語音還沒咬準。
此事真復樂，	這種生活多麼純樸快樂，
聊用忘華簪 ⓭。	姑且以此忘掉華貴髮簪。
遙遙望白雲，	遠眺天空中飄飄的白雲，
懷古一何深 ⓮！	懷念古人情思何等深沉！

❶ 蔼蔼：林木茂盛的樣子。堂：正旁。

❷ 中夏：即仲夏，夏季的第二個月，即農曆五月，第一個月稱孟夏，第三個月稱季夏。貯：儲藏。

❸ 凱風：南風。參看《庚子歲五月中從都還阻風於規林二首》其一注 ❽。

❹ 回飇：迴旋的暴風，這裏用來形容凱風迴旋地吹動。

❺ 息交：停止與世俗社會交往。遊：遊心，心神專注在某一方面。閒業：與正業（作官從政）相對而言，指不受拘束的讀書彈琴，過閒適的生活。

❻ 臥起：睡後起身。這兩句有的本子作「息交逝閒臥，起坐弄書琴」。逝：語助詞，無實義。意思是停止與外界交遊在家閒臥，臥起後便讀書彈琴。

❼ 餘滋：多餘的蕃殖。意為種植得多，長得茂盛，吃不完，有剩餘。

❽ 營己：自己謀生。營，營生，謀求生活。良：很，實在。有極：有極限。

❾ 欽：羨慕。

❿ 舂：搗碎。秫：黏高梁，多用來釀酒。

⓫ 戲：玩耍。

⓬ 未成音：說話不清楚，唸不準音調。

⓭ 華簪：華麗的簪子，這裏指代做官。古人把頭髮盤繞起來打成結要用簪，戴官帽的時候則用簪將帽子牢牢地別在頭髮上。簪是長條形，用金屬、骨頭、玉石等製成。

⓮ 懷古：懷念古代道德高尚的人。古，也可以解釋成遠古羲皇（伏羲氏）時代的情景。陶淵明在《與子儼等疏》中有云：「常言五六月中，北窗下臥，遇涼風暫至，自謂是羲皇上人。」那是天下大同的時代，那時「老有所終，壯有所用，幼有所長，鰥、寡、孤、獨廢疾者皆有所養」。社會富足，人人平等，沒有戰爭，生活幸福。

其二

和澤周三春 ❶，　　　　　　今年整個春季風調雨順，
清涼素秋節 ❷。　　　　　　秋天是清涼潔淨的季節。
露凝無游氛 ❸，　　　　　　露珠凝霜沒有霧氣浮動，
天高肅景澈 ❹。　　　　　　天高氣爽景色清肅澄澈。
陵岑聳逸峰 ❺，　　　　　　高山聳立峰巒奇拔秀麗，
遙瞻皆奇絕。　　　　　　遙遠望去都是奇異妙絕。
芳菊開林耀 ❻，　　　　　　芳菊開放樹林光彩耀眼，
青松冠巖列 ❼。　　　　　　青松在巖頂整齊的排列。
懷此貞秀姿，　　　　　　保持着堅貞挺秀的姿質，
卓為霜下傑。　　　　　　是嚴霜之下卓越的豪傑。
銜觴念幽人 ❽，　　　　　　飲酒時懷念幽居的高士，
千載撫爾訣 ❾。　　　　　　千百年後仍留存有亮節。
檢素不獲展，　　　　　　檢視平素抱負不得伸展，
厭厭竟良月 ❿。　　　　　　無精打采度過美好十月。

---

❶ 和澤：調和的雨水。和，適度。澤，雨露，雨水。周：遍及。三春：春季三個
　月。農曆一月為孟春，二月為仲春，三月為季春。

❷ 素秋節：秋季，又稱素秋、素節。素，白。秋色給人的感覺是清淨而潔白，
　故稱。

❸ 露凝：露珠凝結成霜。氛：氣，雲氣、霧氣。

❹ 肅景：肅殺的景色。肅殺，形容深秋天氣寒冷草木枯落的蕭條景象。

❺ 陵：丘陵。岑：小而高的山。逸峰：高度超越一般的山峰。

❻ 芳菊：芬芳的菊花。這句是說芬芳的菊花紛紛開放使得樹林閃耀奪目的光彩。

❼ 冠巖列：即「列巖冠」，陳列在山巖的頂巔。冠，本來是指形狀像帽子或在頂

上的東西，如雞冠、樹冠，這裏作「頂巔」。

⑧ 銜觴：含着酒杯。幽人：幽居（住在幽靜少人跡的地方）的人，指隱士。

⑨ 撫：保持。爾：你們，指隱士。訣：要訣，要道，即（做人的）原則，引申為品格。這句是說千百年過去了，而你們的高風亮節卻仍留人間，供後人緬懷瞻仰。

⑩ 厭厭：精神不振。竟：（度過）整個的。

【賞析】

第一首頭六句描寫詩人在樹木成蔭，涼風陣陣的居處晨起之後即讀書彈琴，閒居生活有無窮樂趣，接着八句敘述家境不錯，家中蔬菜糧食都豐足有餘，因此自己釀酒自斟，可以與兒子嬉戲，共享天倫之樂。其中九、十兩句「營己良有極，過足非所欽」表現了詩人「知足常樂」沒有奢求的人生哲學。最後四句抒發詩人在自由自在的田園生活中，忘卻塵世的功名利祿，此時此際，遙望白雲，更興起對古代聖賢的思慕之情。

第一首開頭四句的清幽景色以及南風吹動的姿態，與後面所敘述的純樸閒適的生活內容配合得很恰當，此景色和所抒發的不受塵世功名利祿束縛，渴望自由的情思亦融洽無間，讀時宜細心體味。

第二首前四句以風調雨順開其端，接着三句寫深秋的清涼與肅殺，以對比手法表現秋寒的凌厲；然後六句以奇拔的逸秀峰，傲霜的松菊，象徵堅貞高潔的品格；最後四句抒發對那些亮節留芳千載的古代高士的懷念，而對自己平素抱負無法施展黯然神傷。

讀這首詩要注意第三至十句中秋天的景物所象徵的內容，詩人表面上寫物，實際是寫人，寫自己。

這兩首詩，前者寫快樂，後者寫憂愁，均表現出詩人與世俗迥異的人生態度與生活情趣。

癸卯歲始春懷古田舍二首

【題解】

　　這兩首詩寫於癸卯歲，即晉安帝元興二年（公元 403 年），陶淵明三十九歲。這年他仍居母喪在故里閒居。春天，他親自參加春耕，體驗到農耕時與大自然接觸的種種樂趣。這種樂趣是前此未參加農耕的陶淵明所無法領略到的。詩的字裏行間跳躍着他的欣悅的情思的旋律。

　　始春：初春。懷古田舍：在田舍懷念古代德行高潔的隱士。田舍，田間的屋舍。

　　這兩首詩是陶淵明的代表作。他的真純自然的詩風在此展示無遺，因而歷代獲得好評。明清之際的思想家王夫之說：「通首好詩，氣和理勻。」詩中的金句如「平疇交遠風，良苗亦懷新」亦為後人所稱道。宋代蘇東坡認為「非古之耦耕植杖者，不能道此語」，就是說沒有參加耕種的人，是

不可能寫出這麼真實有生活氣息的詩來。清代詩人沈德潛說:「昔人問《詩經》何句最佳,或答云:『楊柳依依』,此一時興到之言,然亦實是名句。倘有問陶公何句最佳,愚答曰:『平疇交遠風,良苗亦懷新。』亦一時興到也。」王氏拿陶氏的詩句與《詩經》中的名句相比較,說它們都是詩人見到自然景物,即景生情,自然流露出來,沒有絲毫雕琢的痕跡,而自成佳句。

【譯注】

其一

在昔聞南畝 ❶,	以前只聽人談論過農事,
當年竟未踐 ❷。	當時卻沒能親自去實踐。
屢空既有人 ❸,	現在家境既然經常匱乏,
春興豈自免 ❹?	春天起來耕作怎可避免?
夙晨裝吾駕 ❺,	清早我把車馬都準備好,
啟塗情已緬 ❻。	才啟程心已經飛向天邊。
鳥哢歡新節 ❼,	小鳥鳴囀歡迎新來季節,
泠風送餘善 ❽。	和風吹送來美好的春景。
寒草被荒蹊 ❾,	衰草佈滿了荒蕪的小徑,
地為罕人遠。	地方人跡罕至顯得僻遠。
是以植杖翁 ❿,	因此植杖而耕耘的老翁,
悠然不復返 ⓫。	悠然自得不再返回人間。

即理愧通識 ❷，	照此理我愧對通達之士，
所保詎乃淺 ❸？	所堅持的理念豈是陋淺？

❶ 在昔：昔日，從前。南畝：南面的農田，可能是淵明自己所有的一塊田地，亦泛稱田畝、田地。古代的田地多開在向陽的南面。這裏指代農事。

❷ 踐：實踐，指耕種。

❸ 屢空：經常窮困。用孔子學生顏回的典故形容自己家境窮困。《論語‧先進》：「子曰：『回也其庶乎，屢空。』」意思是顏回的道德學問已經差不多了，可是經常鬧窮。這裏詩人以顏回自比，因此「有人」也指的是自己了。

❹ 春興：春天到來。興，起牀。也可解作到來。

❺ 夙：早。夙晨：清早，是同義合成詞。裝吾駕：裝備好我的車馬。駕，用牲口拉的（車或農具）。

❻ 情已緬：心神已馳向遠方（指田間）。緬，遙遠。

❼ 哢：鳥叫。新節：春季，因為春季是一年中季節之首。

❽ 泠風：和暖的風。餘：多餘，過多。善：良好、美好，指景物、感覺等。

❾ 寒草：一作寒竹。被：覆蓋。蹊：小路。

❿ 是以：所以。植杖翁：把木杖植（直豎在）地上的老翁。用春秋時代隱士荷蓧丈人（以木杖擔着竹製農具的老人）的故事。《論語‧微子》：「子路從而後，遇丈人，以杖荷蓧。子路問曰：『子見夫子乎？』丈人曰：『四體不勤，五穀不分，孰為夫子？』植其杖而芸。」大意為子路跟從孔子，掉在後面，遇見一位用拐杖挑着竹製農具的老人，子路便問他有沒有見到孔子，丈人說：「你這個人手足不勞動，五穀（指稻、黍、稷、麥、豆，泛指糧食作物）都分不清，我怎麼知道誰是你的老師呢？」說完就把手杖插在地上除草去了。

⓫ 悠然：閒適的樣子。不復返：不再返回世俗社會。這兩句寫植杖翁悠然不復返，表示自己將學習他勤於耕種，再不回到俗世功名的羈絆中去了。

⓬ 即理：這個道理，指拋棄功名利祿、隱居耕種、自食其力的道理。通識：圓通

達識（的人）。魏晉時代，士大夫（官僚和一般讀書人）多處世圓滑，不講原則，隨機應變，毫無氣節可言，還將這種行為美其名為「通識」。這句中陶淵明說「愧通識」是反語，是諷刺那些人，表明自己不與他們為伍。

⑬ 詎乃淺：難道是淺陋的嗎？詎乃，豈是、難道是。這句用反問句肯定自己保持氣節，堅持理念的做法是正確的。

其二

先師有遺訓 ❶，	先師孔子曾遺留有訓示，
憂道不憂貧 ❷。	君子要憂道而不要憂貧。
瞻望邈難逮 ❸，	仰望訓條覺得遙不可及，
轉欲志長勤 ❹。	轉而要立志以勤勞終身。
秉耒歡時務 ❺，	手操持農具快樂地勞作，
解顏勸農人 ❻。	眉笑顏開勤勉同耕農人。
平疇交遠風 ❼，	平坦的田野有遠風吹拂，
良苗亦懷新 ❽。	優良的新苗也翠綠清新。
雖未量歲功 ❾，	雖然未能估量今年收成，
即事多所欣 ❿。	當前情景已經令人歡欣。
耕種有時息，	耕種有的時候休息下來，
行者無問津 ⓫。	沒有走過的人前來問津。
日入相與歸 ⓬，	太陽下山收工一起回家，
壺漿勞近鄰 ⓭。	提着酒壺慰勞左舍右鄰。
長吟掩柴門 ⓮，	關起門來高聲吟誦詩句，
聊為隴畝民 ⓯。	姑且做一個農村的良民。

❶ 先師：即孔子，他被後世尊為至聖先師。遺訓：遺留下訓示，即下句的「憂道不憂貧」。

❷ 憂道不憂貧：君子憂慮的是道不能施行，而不憂慮自己的貧困。道，在儒家學說裏，指的是一定的人生觀、世界觀、政治主張與思想體系。這句話出自《論語·衞靈公》：「子曰：『君子謀道不謀食。耕也，餒在其中矣；學也，祿在其中矣。君子憂道不憂貧』。」意思是君子（人格高尚的人）謀求自我修養和治理國家之道，不謀求個人生活安樂，耕田為了求食，遇上荒年也難免捱餓；學道未必是為了生活，學得好也可得到俸祿。君子應該憂道不憂貧。

❸ 瞻望：一作仰瞻，敬慕地抬頭看。邈：遠。難逮：難以達到。此句意為孔子的遺訓是可望而不可及的，自己無法做到他的要求。

❹ 志：本是名詞，此處做動詞用，立志的意思。長勤：長期勤勞地從事農田勞作。

❺ 秉：拿着、握着。耒：古代的一種農具，形狀像木叉，這裏泛稱農具。歡：歡樂，一作力，勤力、勤勞。時務：適合時令的事務，指春耕。

❻ 解顏：同開顏，臉上顯出開心的樣子，可解為「笑」。這句是說以十分友善的態度，勉勵農人勤勞春耕，以期日後有好收成。

❼ 平疇：平坦的田野，疇，田地。交遠風：遠處從四面八方交相吹拂的風。

❽ 良苗：長勢喜人的麥苗。懷新：孕育新的生機。

❾ 量：估量、預測。歲功：一歲之功，一年的收成。

❿ 即事：就當前的情況看。

⓫ 行者：過路的人。問津：打聽渡口（船隻擺渡的地方），這裏做問路解。本句用《論語·微子》中的故事：「長沮、桀溺耦而耕，孔子過之，使子路問津焉。」（長沮和桀溺兩位隱者一起耕田，孔子路過，讓子路去問渡口在哪裏）這裏以古代隱者長沮、桀溺比喻自己，感嘆當時再沒有像孔子那樣為了救濟世人於苦難而周遊列國，長途跋涉的人了。這句亦可不理典故，與上句相連解釋為歇息時無過路人來打擾。

⑫ 相與歸：結伴返家。

⑬ 漿：泛指飲料，如酒漿、壺漿，即壺中的酒。勞：慰勞。

⑭ 長吟：拉長聲音朗誦。吟，吟詠，有節奏地朗讀詩文。掩：關、合。柴門：用樹條編紮的簡陋的門。

⑮ 聊為：姑且做。隴畝民：田野裏的農民，隴，同壟，本來是指田地裏高起的長條地方，此處與畝合用，即田地之意。

【 賞析 】

　　第一首頭四句寫自己以往沒耕過田，現在因為生活所逼，不得不參加春耕；接着六句寫清晨去春耕一路所見所聞的田野美景。由於以往未曾體驗過，因而覺得分外新鮮。從「鳥哢歡新節，泠風送餘善」，可以看出其心情的輕鬆愉快。最後四句詩人從即景聯想起古時的隱者歸田園之後不再返回塵世的原因了。因此他再也不去理睬那些圓通達識的人對自己有什麼看法，而堅持自己的理念，做一個日日與大自然為友的自食其力的農民了。

　　第二首頭四句說自己不能遵循「憂道不憂貧」的古訓，為了生活而勤勞地去耕耘。中間八句寫與農人一起勞作的樂趣：勞作時依偎在生機盎然的大自然懷抱中的喜悅；瞻望豐收的前景時的滿足感；耕作時可以休息，並且無人來打擾他的清閒。最後四句更道出夕陽西下，眾人結伴而歸的情景。作者與四鄰舉杯共飲，然後掩門吟詩的樂趣，於是詩人發出「聊為隴畝民」的心聲，顯示出他對這種農耕生活由衷的喜愛，其中還滲透了詩人與鄉村父老兄弟親密無間的感情。詩裏的鄉村風味和泥土氣息撲鼻而來，令人迷醉。

這首詩的標題點出是「懷古」,其中所懷念的人物前首是荷蓧丈人,次首為長沮、桀溺,透過他們的故事抒發對田舍的愛意,並將此愛意流瀉在所描繪的寧靜、清新的田園景色中。陶淵明寫景並不以細緻的刻劃見長,而是以寫意傳神取勝。如「鳥哢歡新節,泠風送餘善」寫春天景色,抓住小鳥鳴唱,歡迎新來季節,暖風吹拂,送來美麗春景,「哢」、「送」二字用得很傳神。還有「平疇交遠風,良苗亦懷新」的「交」與「亦」字亦煉字精妙:前者寫出和風從四面八方吹來的情狀,後者寫出萬物欣欣向榮的景象。

　　每個詩人都有經常愛用的字,如李賀,喜歡用形容詞「濕」、「冷」、「寒」、「重」等,陶淵明特別喜歡用「新」字,除上述的「良苗亦懷新」外,還有「翼彼新苗」(《時運》)、「或脫故而服新」(《閒情賦》)、「漉我新熟酒」(《歸園田居》五首)、「翩翩新來燕」(《擬古》)、「高酣發新謠」(《讀山海經》)、「迢迢新秋夕」(《戊申歲六月中遇火》)、「清歌散新聲」(《諸人共遊周家墓柏下》)、「乃陳好言,乃著新詩」(《答龐參軍》四首)等,這與詩人喜愛清新自然的美學觀有關,清新自然正是其風格特徵。

癸卯歲十二月中作與從弟敬遠

【題解】

此詩作於晉安帝元興二年癸卯歲（公元 403 年）農曆十二月。當時淵明仍在家居母喪。這年春天，他因貧窮，開始下田耕作，一年過去了，雖然自己十分勤勞，但收成卻甚差，從這首詩的「簞瓢謝屢設」句中可以看出，詩人所過的是十分貧苦的生活。嚴寒與窮困，使之情緒十分低落。因而本來相當豁達的他，也不禁發出「了無一可悅」的悲嘆，當然詩人並不因此而改變固有的鄙視功名，保持高尚節操的志向。

詩乃是寫給從弟（堂弟）敬遠的，敬遠比淵明小十六歲（詩人三十九歲，敬遠二十三歲），兩人的父親是兄弟，母親則是姐妹，所以關係十分密切，情同手足。他們曾一同耕田，一起受苦，而且志趣相投，所以能坦率地向對方傾訴當前自己困乏的生活狀況以及此時此地複雜的心態。

有人結合當時的政治形勢，認為此詩有寓意，詩中特別具體指明「十二月中」，可見詩人是針對十二月初桓玄篡晉稱帝而發。此事使得詩人對未來政治不抱希望，詩中歌頌古代英烈的高尚氣節正說明這點。

【譯注】

寢跡衡門下 ❶，	隱藏行蹤在簡陋房門下，
邈與世相絕 ❷。	與凡塵俗世遙遠地隔絕。
顧眄莫誰知 ❸，	左顧右盼沒有人瞭解我，
荊扉晝常閉 ❹。	柴門連白天都常常關閉。
淒淒歲暮風 ❺，	十二月寒風聲悲涼淒切，
翳翳經日雪 ❻。	烏雲密佈整日着大雪。
傾耳無希聲 ❼，	側耳聽不到絲毫的聲音，
在目皓已潔 ❽。	眼前是一片皚皚的白潔。
勁氣侵襟袖 ❾，	強勁的寒氣侵襲着襟袖，
簞瓢謝屢設 ❿。	粗茶淡飯都不能常陳列。
蕭索空宇中 ⓫，	蕭條冷落的空蕩房屋中，
了無一可悅 ⓬。	沒有一件事可使人喜悅。
歷覽千載書 ⓭，	一一閱覽千年來的書籍，
時時見遺烈 ⓮。	時時見到古代英烈事跡。
高操非所攀，	崇高的操守非我所攀及，
謬得固窮節 ⓯。	錯誤地得到固窮的志節。
平津苟不由 ⓰，	平坦的道路尚且不去走，
棲遲詎為拙 ⓱？	遁世隱居豈能説是笨拙？

寄意一言外 ❶❽，	寄託旨意於「固窮節」之外，
茲契誰能別 ❶❾？	這種默契誰人能夠辨別？

❶ 寢跡：隱藏行跡，即隱居。衡門：用橫木做的門。這裏借代簡陋的房屋。衡，通橫。

❷ 邈：遙遠。

❸ 顧眄：同顧盼，四處張望。知：理解、瞭解。

❹ 荊扉：柴門，用散碎木材、樹枝做成的門。

❺ 歲暮：歲晚，一年快完的時候。

❻ 翳翳：陰暗的樣子。經日：整天。

❼ 傾耳：傾聽。無希聲：沒有聲音，聽不到聲音。希，細小的聲音，也做無聲解。

❽ 在目：在眼前（呈現的）。皓已潔：即「已皓潔」，已經是一片皚皚的雪。

❾ 勁氣：凜冽刺骨的寒氣。侵襟袖：侵襲衣襟與衣袖。意為浸透全身。

❿ 簞瓢：簞食瓢飲，形容飲食粗劣。簞，盛飯的圓形竹器。瓢，用葫蘆或木頭做的舀水或取東西的器具，此詞用《論語·雍也》的故事：「子曰：『賢哉回也！一簞食，一瓢飲，在陋巷，人不堪其憂，回也不改其樂，賢哉回也！』」這段話裏，孔子誇獎他的學生顏回十分賢德，他的生活十分艱苦，只吃一小筐飯，一瓢水，住在簡陋狹小的巷子裏，別人忍受不了，他卻不改自得的樂趣。本詩使用這個故事說自己連一簞食、一瓢飲都不經常設有，其窮困可想而知。謝屢設：謝絕經常擺出來，其實是沒有東西可擺。

⓫ 蕭索：蕭條寂寞，沒有生機。空宇：空蕩蕩的房屋。宇，居處。

⓬ 了無：一點也沒有。

⓭ 歷覽：讀遍了，表示讀的範圍多而廣。

⓮ 遺烈：古代英烈遺留的業績。

⓯ 謬得：錯誤地得到，謙詞。意思是本來不應該或不配得到，讓自己得到是一種謬誤。和人家詩獎自己，答以「承蒙謬獎」的「謬」字用法相同。固窮節：固守窮困的節操。固窮，引自《論語·衛靈公》：「君子固窮，小人窮斯濫矣！」（人格高尚的人雖然窮困，但能固守本分，小人窮困就不顧一切，為非作歹了）謬得，一作深得，意為自己有孔子固守窮困的節操。

⓰ 平津：平坦的大道。津，渡口，此處做道路講。苟：倘若。不由：不取。這句是說自己不走升官的大道。

⓱ 棲遲：遊息山林，隱居。詎：豈，難道。這句意為隱居豈能說是笨拙的事。上下二句連起來是說自己既然不想入仕，隱居乃順理成章之事。

⓲ 一言外：「君子固窮」這句話之外。其意為這句話之外，還有許多表達未盡的情思，所謂言外之意可能是指對當時桓玄篡晉政局的看法。

⓳ 茲契：這種彼此默契的心意。別：識別、辨別。按：淵明在《祭從弟敬遠文》中說敬遠「少思寡慾，靡執靡介，後己先人，臨財思惠。心遺得失，情不依世」（很少考慮自己，要求也不多，為人不固執，容易親近，做什麼都先人後己，遇到錢財的事只想到惠及他人。心中不在乎個人的得失，感情不隨世俗浮沉），可見他的高潔的品格和超塵脫俗的志趣，以及與詩人契合的程度，這句是說敬遠最為瞭解他。

【賞析】

　　此詩前四句寫居母喪期間與世俗社會斷絕交往的寂寞與苦悶；中間八句寫天寒地凍缺飲少食的悲慘情狀；最後八句寫仰慕古代賢人英烈的高尚情操，自己雖然不可企及，但是還能做到隱居躬耕，固窮守節，不隨波逐流，走青雲直上的大道。這種志趣，與敬遠十分投契。末二句點明自己與

敬遠志同道合的深厚情誼，為世上有這麼一個知音感到欣慰。

詩的中間八句用外界凜冽的寒風，陰暗天空中大雪飄飛，刺骨的寒氣，室內的蕭條冷落來襯托自己生活的艱辛以及毫無生趣的心境，予人印象至深。其中「傾耳無希聲，在目皓已潔」是寫雪的名句，只有在北方經歷過多次下雪，並對下雪有細緻觀察的人才能寫出這種真實的雪景來。金兆梓在散文《風雪中的北平》有相同的描述：「當晚我因和風奮鬥之餘（白天作者頂着大風，苦苦的奪路回家），疲乏已極，倒頭便睡。一覺醒來，風聲沒有了，紙窗上大放晴光，我心裏一喜，趕緊起來，捲上窗簾一望，呀！原來是一天大雪，竟在一個晚上，不聲不響的，將我家那院子『粉妝玉琢』起來。」此文最後一句與此詩的「傾耳無希聲，在目皓已潔」情景何其相似！所不同的是窮困得「簞食瓢飲」都不能保持的陶淵明眼中的雪不會有「粉雕玉琢」的美感罷了。可見美是很主觀的，相同的景色在不同的人（甚至同一個人心境不同）眼中會產生不同的感覺。

以下是宋代文評家羅大經在《鶴林玉露》中對此二句詩的評論：「淵明雪詩云：『傾耳無希聲，在目皓已潔。』只十字，而雪之輕虛潔白，盡在是矣。後來者莫能加也。」

榮木并序

【題解】

　　此詩寫作年代與《始作鎮軍參軍經曲阿作》相同，均在晉安帝元興三年（公元 404 年），所不同的是前首寫於春季，而此詩乃寫於夏季。

　　榮木：即木槿。《禮記・月令》：「仲夏之月，木槿榮。」（舊曆五月，木槿花盛開。）木槿花淡紫色，早上開放，晚間凋落。此詩是淵明見到木槿花在短暫的時間內開開落落對生命有所感悟而發。

　　面對朝華夕謝的花朵，人們會產生不同的感觸。或認為生命既然如此短促，何不尋歡作樂，好好享受一番；或認為應該充分利用時間勇猛精進，以實現抱負。陶淵明屬於後者。本詩的序以及詩的末六句充分顯示這點。他對已經四十歲仍然功名無成，內心感到恐慌，下決心迎頭趕上，使

自己達到目的。與《雜詩》十二首的第一首中的勵志句「盛年不重來，一日難再晨。及時當勉勵，歲月不待人」。意旨相若。

全詩共分四章，每章的主旨均是「勵志」。詩前有序，闡明創作動機。

【譯注】

序

榮木，	《榮木》這首詩，
念將老也。	是寫想到老年將至。
日月推遷 ❶，	時光推移不斷變易，
已復九夏 ❷。	已經又是到了夏季。
總角聞道 ❸，	幼年接受儒家真理，
白首無成 ❹。	鬢髮已白卻無成績。

❶ 日月：時光。因為日月的升降表示光陰的流逝。推遷：推移變遷。

❷ 九夏：夏季。夏季三個月，共九旬（九十日，十日為一旬），故云九夏。

❸ 總角：古代未成年的人把頭髮紮成向上分開的髮髻。聞道：聆聽儒家修身（提高自己的修養）、齊家（整頓好家庭）、治國（治理好國家）、平天下（使天下太平無事，人民安居樂業）的道理；聞，聽，聆聽、接受。道，道理、真理。

❹ 白首：頭髮都白了。這時陶淵明才四十歲，說「白首」可能是誇張寫法，說鬢髮斑白較近事實。

詩

第一章

采采榮木 ❶，	枝葉生長茂密的木槿樹，
結根於茲 ❷。	它的根深扎於這塊土地。
晨耀其華 ❸，	花朵清晨開得耀眼奪目，
夕已喪之。	黃昏零落成雨光輝盡失。
人生若寄 ❹，	人生好像寄居在塵世間，
顦顇有時 ❺。	終歸有一日會衰弱老死。
靜言孔念 ❻，	安靜了下來認真地思考，
中心悵而 ❼。	內心惆悵迷惘難以自已。

❶ 采采：茂盛，眾多。

❷ 結根：扎根。茲：這，這裏。

❸ 華：古同「花」。這句是倒裝句，應為「其華晨耀」，它的花朵清晨耀眼奪目。

❹ 寄：寄居，住在他鄉或別人家裏。整句是說地球並不是我們的家，我們不過是暫時寄居而已，遲早要離開這裏。

❺ 顦顇：同「憔悴」，形容人瘦弱，面色不好看，此處是寫花凋落在地上的樣子。句中指人的衰老死亡。

❻ 言：語助詞，無實義。孔：甚，很。

❼ 悵而：惆悵，因失望或失意而哀傷的樣子。而，語助詞，無實義。

第二章

采采榮木，　　　　　　　　　枝葉生長繁茂的木槿樹，
於茲托根 ❶。　　　　　　　　在這塊土地深扎它的根。
繁華朝起 ❷，　　　　　　　　繁花清晨開放在樹枝上，
慨暮不存 ❸。　　　　　　　　慨嘆到了傍晚不再留存。
貞脆由人，　　　　　　　　　堅貞和懦弱由人去決定，
禍福無門 ❹。　　　　　　　　災禍與幸福也來自本身。
匪道曷依 ❺？　　　　　　　　不懂道理依循什麼做人？
匪善奚敦 ❻。　　　　　　　　不知善行怎能互相勉勵。

❶　托根：扎根。這句與前章的「結根於茲」義同，只是句法有異。

❷　起：興，開放。

❸　不存：不存在，謝落了。

❹　禍福無門：語出《左傳・襄公二十三年》：「禍福無門，唯人所召」，意為禍與
　　福是無門可入的，它們都是由人招致而來。

❺　匪：同「非」。曷：同「何」，什麼。

❻　奚敦：用什麼互相勉勵。奚，什麼。敦，勉力、督促。

第三章

嗟予小子 ❶，　　　　　　　　可嘆啊我這沒出息的人，
稟茲固陋 ❷。　　　　　　　　稟性是如此的固執淺陋。
徂年既流 ❸，　　　　　　　　往日的歲月已逝如流水，
業不增舊 ❹。　　　　　　　　學業不曾增進一切如舊。

志彼不捨 ❺，	追求道與善決不會放棄，
安此日富 ❻。	我卻耽於飲酒不再進步。
我之懷矣 ❼，	當我想起了這些的時候，
怛焉內疚 ❽。	內心充滿了憂傷和內疚。

❶ 嗟：嘆息。予：我。小子：舊時子弟晚輩對父兄尊長的自稱，這裏是詩人謙稱
自己是無德無能的人。

❷ 稟：稟性，天性。固陋：固執鄙陋。

❸ 徂年：往年。徂，過去，逝。既：已經。

❹ 增舊：在舊有的基礎上增添新的。

❺ 志：立志，立定志願。彼：那些，指前章所說的「依道」、「敦善」。不捨：不
放棄，不停止。

❻ 安此：習慣於。日富：醉酒日甚。語出《詩經‧小雅‧小宛》：「彼昏不知，壹
醉日富。」（那人昏憒無知，醉酒一天比一天厲害）本句「日富」是「一醉日富」
的省略。

❼ 懷：內心。

❽ 怛：痛苦、悲傷。與上句連起來，是說我的內心充滿了憂傷和內疚。

第四章

先師遺訓，	先師孔子遺留下的訓誡，
余豈云墜 ❶？	我怎麼可以輕易地忘懷？
四十無聞 ❷，	已經四十歲還沒有名聲，
斯不足畏 ❸。	那麼這人就不值得敬畏。
脂我名車 ❹，	用油脂塗抹我名貴美車，

策我名驥 ❺。	用鞭子抽打我名貴良驥。
千里雖遙,	千里征途雖然十分遙遠，
孰敢不至 ❻？	但不達到目的怎敢止息？

❶ 云墜：云，語助詞，無實義。墜，墜落、丟掉。云墜，一作「之墜」，動賓倒
　裝詞組，即「墜之」，丟掉它（指「遺訓」）。

❷ 無聞：沒有名望，沒有成就。

❸ 斯：這。此句也可是反問句：那這個人還值得敬畏嗎？

❹ 脂：油脂，這裏做動詞用，做「塗抹」講，這句是說用油脂給名車車軸上油。

❺ 策：馬鞭，這裏做動詞用，做「鞭打」講。驥：千里馬、良馬。

❻ 孰敢：誰敢，怎麼敢。不至：不達到目的。全句意為一定要達目的才休止。

【賞析】

　　這首詩在序裏說見到榮木，想到自己年老憶及幼年已受儒家教育，迄
今仍一事無成，感觸良多。

　　第一章從榮木的朝華夕落，念及「人生若寄，顦顇有時」，不禁惆悵
不已。第二章則繼而感到不論「堅貞」，「禍福」都是由人自己掌握，人
一定要「依道」、「敦善」，使短暫的人生過得有意義。第三章，詩人對自
己的稟性頑固鄙陋，安於酣飲生活，任歲月流逝，因而學業（或功業）沒
有什麼進步，內心憂傷內疚。末章說怎可將先師遺訓置之腦後，雖然年屆
四十，仍然寂寂無聞，但不必氣餒，應重新振作起來：「脂我名車，策我
名驥」，向漫長的征途出發，不達目的勢不罷休。

　　陶淵明深受儒家思想的影響，所以這首詩所表達的時間流逝與人的關
係的意念是來自孔子《論語・子罕》：「子在川上曰：『逝者如斯夫，不舍

晝夜。」（孔子在河岸上說：『消逝的一切就如流水，不分晝夜，永不停息。』）」孔子的意思是河水不分晝夜的流逝，人也應該自強不息。本詩第四章的末四句的意旨即由此脫胎而出。

　　詩以榮木起興，詩的主旨依附其「晨耀其華，夕已喪之」的意象來表達，四章詩均以勵志為主旋律，內容之間互有聯繫，並逐步深入，末章才凸顯其旨。

始作鎮軍參軍經曲阿作

【題解】

　　晉安帝元興三年（公元 404 年），陶淵明剛剛任鎮軍將軍（權勢極重的軍事將領）劉裕的參軍（軍政長官衙府中的參謀、書記、顧問一類僚屬），詩可能作於赴職途中。

　　陶淵明說這次出仕是「時來苟冥會，宛轡憩通衢」，時機來臨，不得不然，具體情況並未言明，然而詩中所表現的無奈情緒，以及對田園生活的無限眷戀則是相當明顯的。

　　曲阿：地名，今江蘇省丹陽縣。

【譯注】

弱齡寄事外 ❶，	年少時便不關心世俗事，
委懷在琴書 ❷。	精神寄託於彈琴與讀書。
被褐欣自得 ❸，	穿着粗衣也能欣然自得，
屢空常晏如 ❹。	經常捱餓還常歡欣自如。
時來苟冥會 ❺，	時機降臨姑且默默迎合，
宛轡憩通衢 ❻。	壓抑自己志趣走上仕途。
投策命晨裝 ❼，	拋棄書籍吩咐準備行裝，
暫與園田疏 ❽。	暫時遠離了園林與田疇。
眇眇孤舟逝 ❾，	一葉孤舟駛向遙遠天際，
綿綿歸思紆 ❿。	綿綿歸家情思縈迴紆曲。
我行豈不遙？	我的旅程怎能説不遙遠？
登降千里餘 ⓫。	長途跋涉漫漫千里有餘。
目倦川塗異 ⓬，	異鄉景物令我感到厭倦，
心念山澤居 ⓭。	夢魂縈繞的走山林故居。
望雲慚高鳥 ⓮，	仰望雲天自慚不如飛鳥，
臨水愧游魚。	俯視流水更愧難比游魚。
真想初在襟 ⓯，	歸真想法本來就在胸襟，
誰謂形跡拘 ⓰。	誰説我心被形體所牽拘。
聊且憑化遷 ⓱，	暫且聽憑時運的安排吧，
終返班生廬 ⓲。	我最終必回隱居的茅廬。

---

❶ 弱齡：年輕，年少。《禮記·曲禮上》：「二十曰冠，弱。」弱，年少。古代男子二十行冠禮，所以用來指男子二十歲左右的年齡。寄事外：把心寄託在世俗的事情之外，即不關心社會上的事情。

❷　委懷：把自己的身體、心力投到某一方面。

❸　被褐：穿粗布做的衣服。被，同披，覆蓋或搭在肩背上。褐，古代貧窮人家穿
　　的粗布衣服。語出《老子》：「聖人被褐懷玉」，玉，比喻美才美德，懷玉，懷
　　有美好才德。「被褐懷玉」是說懷有才德卻深藏不露。自得：自己感到得意或
　　舒適。全句是說自己雖然被褐（貧窮）但卻「懷玉」，因此欣然自得。

❹　屢空：經常窮困。參看《癸卯歲始春懷古田舍二首》其一注 ❸。晏如：安樂的
　　樣子。

❺　苟：姑且。冥會：冥冥中相會，不知不覺地迎合。

❻　宛轡：屈駕。宛，屈曲。轡，駕駛牲口用的嚼子（橫放在牲口嘴裏的小鐵鏈。
　　兩端連在韁繩上，以便駕御）和韁繩，代指馬。古人乘坐馬車，故亦指代馬
　　車。這是以部分代全體的修辭法。憩：休息。通衢：四通八達的大路，比喻做
　　官的途徑。此句意為只好委屈自己在官場上停留。

❼　投策：放棄書籍。投，擲。策，古代用竹片或木片寫字著書，成編的叫做策。
　　命：命令、指示。晨裝：早晨準備行裝。此句意為放棄自己所喜歡的讀書彈琴
　　的隱居生活，準備出發。

❽　疏：遠離。

❾　眇眇：渺茫遼遠的樣子。逝：遠去。

❿　緜緜：同綿綿，連續不斷的樣子。紆：縈迴曲折。這句接上句是說離家越遠對
　　故鄉的思念越深，歸家的情思縈繞腦際，連綿不絕。

⓫　登降：上山又下山，形容旅途跋涉，十分艱苦。

⓬　目倦：眼睛厭倦，看厭之意。川塗異：異鄉的景物。川，河流。塗，道路。川
　　塗，泛指詩人一路上所見的水面陸上的景物。

⓭　山澤居：隱士的居處，因為隱士多隱居在幽靜的有山有水的地方。澤，河流、
　　湖泊。

⓮　憨：同慚。高鳥：高空自由飛翔的鳥兒。

⑮ 真想：返樸歸真的想法，即想過樸素本真（本原，原始）的隱居生活。在襟：在胸懷之中，即在心裏。這句是說自己想過隱居生活的念頭一直就有，十分堅定，迄今不變。

⑯ 形跡拘：心志被形體所束縛。淵明曾在《歸去來兮辭并序》中有「以心為形役」之句，是說自己違背隱居初衷，讓「心」供給形體使用——做官去。

⑰ 化遷：自然造化的變遷，時運的變化。這裏是指時運安排他去做鎮軍參軍。全句是說既然命運這麼安排，我只有暫且聽從了。

⑱ 班生廬：東漢大文學家、史學家班固（公元 32 至 92 年）居住的茅廬（簡陋的屋舍），比喻隱士的居處。班固在《通幽賦》中「終保己而貽則今，里上仁之所廬」。大意是（父親）終於能保持自己而把法則留下給我，要我選擇。里（古時居民聚居的地方，有以二十五戶亦有說以五十戶或一百戶為里）中的仁德之士的茅廬居住。這句表達日後必返故園隱居的決心。

【賞析】

　　詩的前四句寫年輕時不關心世事，以彈琴讀書為樂，雖然窮困，卻自得其樂；接着四句寫由於時運巧合，不得已而出仕，與故園遠離；爾後六句寫離開故鄉越遠歸思越濃，越加難禁，旅途漫長而艱辛，異鄉景物不但勾引不起自己的興趣，反而使人目倦，並更為懷念幽靜的故居；最後六句詩人首先發出「望雲慙高鳥，臨水愧游魚」的慨嘆，自己仰望雲天不如飛鳥自由自在的飛翔，俯視流水不如游魚無拘無束的游弋；隨而詩人強烈地自我辯解說自己不過是勉強順應時運，其實最終必將返回山林遁隱，自己不論在任何情況下內心都保有返樸歸真的意念，決不會為形體所役使！

　　對於陶淵明的「仕」與「隱」之間的矛盾，人們有不同的看法。近人

劉繼才、閔振貴認為：它一方面反映了淵明委曲求全，逃避現實政治鬥爭的消極情緒（當時軍閥為了爭權，不斷互相殘殺，本詩的鎮軍將軍劉裕就是經過這種血的洗禮，最後登上南朝宋皇帝寶座的）；另一方面也具有反抗世俗不滿現實的積極意義，並在一定程度上表現詩人不肯與統治者同流合污的可貴操守。清人溫汝能認為：「孔明初出茅廬，便有南陽歸耕之想；淵明始作參軍，便有終返故廬之志。」他把陶淵明與諸葛亮相比，認為他們剛「出仕」就想到「歸隱」，並不為功名利祿所迷惑而沉溺其中，可見他們志行的高潔。宋人羅大經也有相似的看法。他說「士豈能長守山林，長親簑笠，但居市朝軒冕時，要使山林簑笠之念不忘，乃為勝耳。淵明《赴鎮軍參軍》詩曰：『望雲慚高鳥，臨水愧游魚。真想初在襟，誰謂形跡拘』，似此胸襟，豈為外榮所點染哉！」陶淵明即使出去做官，也不會「為外榮所點染」，永遠保持「本真」的品格。由此可見他與一班貪圖利祿者迥異。

陶淵明詩中經常出現「出仕」與「歸隱」的主題旋律，上述幾種意見可供讀者更深入地瞭解此一複雜現象。

此詩結構嚴謹，能前後互相照應，如後面說的「聊且憑化遷」就是照應前面的「時來苟冥會」；後面的「終返班生廬」，就與前面的「暫與園田疏」相照應。

歸園田居五首

【題解】

　　這組詩作於晉安帝義熙二年（公元 406 年）陶淵明四十二歲之時。頭一年十一月，他辭去只做了八十多天的彭澤縣（治所在今江西省湖口縣西）縣令（主管一縣政事的官員），決定從此隱居不仕，過自由自在的躬耕生活，此詩是他隱居田園後次年撰寫的。

　　陶淵明經歷了仕或隱的多年痛苦掙扎之後，終於選擇了堅決擺脫官場的束縛回歸田園之路。這組詩真實地映現了詩人在田園躬耕，生活的各個側面。他的詩歌的真率自然、樸實無華、貌似平淡而韻味淳厚的特徵在此展示無遺。這組詩可以說是田園詩的鼻祖，它對後世影響的深遠，不論怎麼說都不會過分。清方東樹在《昭昧詹言》中云：「此五詩衣被後來（加惠於後代），各大家無不受其孕育者，當與《三百篇》（《詩經》）同為經，

豈徒詩人云爾哉！」把它與《詩經》並列，視之為「經」，可見其地位之崇高。歸園田居：回返田園居住。

其一

【譯注】

少無適俗韻 ❶，	從小沒有適應世俗氣質，
性本愛丘山 ❷。	天性本來熱愛丘陵高山。
誤落塵網中 ❸，	錯誤地掉落塵世羅網中，
一去三十年 ❹。	一離開田園就是十三年。
羈鳥戀舊林 ❺，	籠中鳥留戀往日的叢林，
池魚思故淵 ❻。	池裏魚思念過去的深淵。
開荒南野際 ❼，	到南面的田野開墾荒地，
守拙歸園田 ❽。	保持拙樸性格回歸田園。
方宅十餘畝 ❾，	住宅周圍有田地十餘畝，
草屋八九間。	上面蓋有草屋共八九間。
榆柳蔭後簷 ❿，	榆樹和柳樹遮蔽着後簷，
桃李羅堂前 ⓫。	桃樹與李樹羅列在堂前。
曖曖遠人村 ⓬，	依稀可見的是遠處村莊，
依依墟里煙 ⓭。	嬝嬝飄動的是墟落炊煙。
狗吠深巷中，	狗兒吠叫在小巷的深處，
雞鳴桑樹顛 ⓮。	曉雞鳴啼於桑樹的頂巔。
戶庭無塵雜 ⓯，	門戶庭院沒有塵俗雜務，
虛室有餘閒 ⓰。	空寂居室內心舒適安閒。

久在樊籠裏 ❶，
復得返自然。

我長期被關在籠子裏面，
慶幸又能回返到大自然。

❶ 少無：年輕時就沒有。適：適應；迎合。俗韻：世俗的風韻。韻，風韻，性格、氣質。

❷ 丘山：丘陵高山，指大自然。

❸ 塵網：世俗的羅網。比喻約束重重的做官生涯。

❹ 去：離開。三十年：可能是「十三年」之誤。陶淵明從二十九歲做江州（在今江西省九江市附近）祭酒（主管學務的官員和官學教師）到四十一歲辭去彭澤令隱居不仕，共十三年。也有研究者認為「三十年」是「三又十年」之意（習慣說法為「十又三年」，從音韻學角度看「一去十三年」音調嫌平，故將「十三」顛倒為「三十」。

❺ 羈鳥：關在籠子裏的鳥。羈，馬籠頭，套在馬頭上的東西，用皮條或繩子做成。用來繫繩子，人抓住繩子可以控制馬的行動。羈鳥，本意為被繫住沒有行動自由的鳥，引申為籠中鳥。舊林：以前巢居的山林。

❻ 池魚：養在池塘中的魚。故淵：往日活動的深潭。這兩句用「羈鳥」、「池魚」比喻以往不自由的官場生活。說明自己做官的時候常常思念眷戀故園生活的日子。

❼ 南野：南面的農田。即《癸卯歲始春懷古田舍》中「在昔聞南畝」中的「南畝」。

❽ 守拙：保持樸拙的性格。欠缺在官場廝混必須具備的阿諛奉承、投機取巧的本領。拙，笨，不懂得隨機應變。這句是說由於自己的性格與官場格格不入，所以回歸田園。

❾ 方宅：可以有兩種解釋：一為方形的住宅；一為住宅的周圍。方，方圓，周圍。

❿ 蔭：樹蔭。這裏做動詞用，即遮蔽。

⓫ 羅：羅列，陳列。堂：正屋。

⑫ 曖曖：光線昏暗，看不清楚的樣子。遠人村：離開人群很遠偏僻的村莊。

⑬ 依依：輕柔飄動的樣子。墟里：村落。煙：炊煙，燒火做飯時冒出的煙。

⑭ 深巷：深長的小巷。樹顛：樹的頂巔。顛，同巔。

⑮ 戶庭：門戶庭院，指屋子裏。塵雜：塵俗雜務。這句是說在家中沒有塵俗雜務
需要去處理。

⑯ 虛室：空蕩蕩的居室。虛，空無。因為虛室陳設簡單，除牀、椅外，一無所
有。虛室還包括另一種含意，即內心空廓澄明，沒有功名利祿的世俗雜念。語
出《莊子‧人間世》：「虛室生白，吉祥止止」，意為空明的心境生出光明，福
善之事，止於凝靜之心。這句是說心境空明，不必為仕宦營營奔走，所以有的
是閒暇。

⑰ 樊籠：關鳥獸的籠子，比喻不自由的境地，這裏指官場。

【賞析】

　　第一首詩帶有總括的性質，道出詩人平生的志趣。描繪田園的美麗風
光，以及自己擺脫塵網走出樊籠，投入大自然懷抱的欣悅心情。

　　詩可以分三部分來解析。首八句為第一部分。說自己稟性高潔、酷
愛大自然，但卻誤入仕宦之網。在此期間對田園生活的懷思之情經常浮現
心頭，表現了詩人十幾年來在「入仕」與「歸隱」之間的矛盾與痛苦掙扎
的心態。陶氏自幼接受儒家教育，也曾有過「濟蒼生、興社稷」的遠大抱
負，並非本性就願意歸隱園林，乃是由於政治腐敗，現實黑暗，「有志不
獲騁」所使然。因而這八句中也隱含有詩人本性與環境的矛盾。末句「守
拙歸園田」暗示不懂得逢迎取巧的性格與爭權奪利互相傾軋的政治現實的
格格不入，不屑於同流合污，只有歸田園以潔身自好。中間八句為第二部

分，描寫田園景色的恬靜、安適，是一幅絕妙的田園風景畫，其中情景交融，浸透了詩人對農村一草一木的無限愛意。末四句為第三部分，抒寫詩人在沒有俗務干擾的環境中悠閒自得、心境空明，並對自己能擺脫樊籠的束縛，回歸大自然，感到萬分的慶幸。雀躍之情，溢於言表。

這首詩層次清楚。全詩除了第五、六句穿插以往仕宦時對故園的回憶外，其餘均是按照時間的發展順序寫的：先寫辭官歸田；再寫田園景物；最後寫復返自然得解放的輕鬆愉快。還有本詩首尾呼應，使之成為統一的整體。首四句「少無適俗韻，性本愛丘山。誤落塵網中，一去三十年」，末四句以「戶庭無塵雜，虛室有餘閒。久在樊籠裏，復得返自然」相照應。「虛室」扣「俗韻」，「樊籠」扣「塵網」，「久」扣「三十年」，「返自然」扣「愛丘山」。寫景亦次序井然，先介紹住宅周圍的面積，再介紹草屋，然後是環繞房屋的榆柳桃李及所在位置，再推遠是黃昏村落的朦朧景色。寫了靜景之後，再以動景來襯托：「狗吠深巷，雞鳴樹顛」，以動襯靜，更顯出田園的恬靜安適。

善用借喻是本詩的表現特點，借喻是比喻的一種，就是直接借比喻的事物（喻體）來代替被比喻的事物（本體），被比喻的事物和比喻詞（如「像」、「好像」、「彷彿」等）均不出現，出現的只有代表本體的喻體。借喻的好處是表達情意比較含蓄，內涵雋永，意象鮮活。在古典詩歌中，經常用於託物言志之作，借草木魚鳥抒情言志。這種用法在陶詩中時常出現，如本詩中用「羈鳥」、「池魚」借喻被拘禁在狹小空間的自己。用「塵網」、「樊籠」借喻羈絆重重、污濁的官場生活。在鮮活的意象中蘊含了詩人對所處現實的抵觸情緒。

語言不加修飾，脫口而出。沒有華麗的詞藻，也沒有艱深的典故，所用均是明白曉暢的口語。最難得的是詩人能使用這種清新樸素的語言給讀者描繪出一幅前所未有的恬靜安適和平的中國農村圖畫。後代的畫家繪畫

農村時經常從這首詩中汲取靈感。「最高的技巧就是無技巧」，這句話在這首詩中得到了最為完整的體現。

<h1 style="text-align:center">其二</h1>

【譯注】

野外罕人事❶，	居住郊野很少與人交際，
窮巷寡輪鞅❷；	偏遠小巷罕有車馬來往；
白日掩荊扉❸，	白天關上荊條編的門戶，
虛室絕塵想❹。	空明的心斷絕塵念俗想。
時復墟曲中❺，	時常到村落僻靜的地方，
披草共來往❻。	撥開草叢與鄰人相探訪。
相見無雜言❼，	相見時候不談世俗雜務，
但道桑麻長❽。	只談論桑麻的成長情況。
桑麻日已長，	桑麻一天天茁壯的成長，
我土日已廣❾。	我的土地也一日日拓展。
常恐霜霰至❿，	常常擔心霜雪降落田間，
零落同草莽⓫。	使桑麻枯萎零落如草莽。

❶ 罕：稀少。人事：人際關係的事務。

❷ 窮巷：偏僻荒涼的小巷。窮，窮困偏僻荒涼。寡：少。輪鞅：車輪和套在馬頸上的皮套子。這裏以部分代全體，代指車馬。

❸ 荊扉：荊條編成的門。荊，落葉灌木，枝條柔軟。扉，門。掩：關上。

❹ 虛室：空蕩蕩的居室。參見第一首注❶。塵想：世俗的雜念，追求功名利祿。

❺ 墟曲：村落曲曲折折僻靜的地方。

⑥ 披草：撥開叢草（因為草長得高而密，撥開才前行）。披，打開、撥開。

⑦ 雜言：有關世俗雜務的話。也可釋為談話內容單一。

⑧ 桑麻：桑和麻都是農作物。桑樹葉子可以飼蠶，果可以釀酒；麻可以製布。這裏用的指代所有農作物。

⑨ 我土：我開墾的土地。

⑩ 霜霰：霜和霰。霰，雪珠，空中降落的白色不透明的小冰粒，常呈球形或圓錐形，多在下雪前或下雪時出現。

⑪ 零落：（花葉）脫落。草莽：草叢。

【賞析】

以下四首是寫陶淵明歸田園躬耕的具體生活狀況與內心的感受。

此詩首四句寫村野人際關係簡單，外界入仕的友輩也不會來此窮巷。與世俗既無來往，功名利祿的雜念也已了斷。中間四句寫只與村夫野老交往，所談皆與農事有關。最後四句說自己農耕頗有成績，但擔心天氣轉劣，霜霰下降，凍壞莊稼。

從這首詩可以看出陶淵明全心投入農事。莊稼收成的好壞已經與他息息相關，因為他已為它付出艱辛的勞作，其中有他的汗珠滲透着。詩中還描述在農耕過程中與鄉村父老結成的情誼。在「勞心者治人，勞力者治於人」的古代社會裏，這種情誼尤為難能可貴。

詩中的「相見無雜言，但道桑麻長」的情意被後代詩人所取用。孟浩然的《過故人莊》中的「開軒面場圃，把酒話桑麻」（打開窗戶面對場地和農田，拿着酒杯暢談農事）。王維的《渭川田家》中的「田夫荷鋤立，相見語依依」（農夫扛着鋤頭站立，和他相見，談到不捨得分開）都明顯受到此詩的影響。

其三

【譯注】

種豆南山下 ❶，　　　　　　　種豆苗在南山的山腳下，
草盛豆苗稀。　　　　　　　　雜草茂密而豆苗卻極稀。
晨興理荒穢 ❷，　　　　　　　早晨起來去田裏鋤荒草，
帶月荷鋤歸 ❸。　　　　　　　黃昏攜帶明月扛鋤返回。
道狹草木長，　　　　　　　　道路狹窄草木繁盛生長，
夕露霑我衣 ❹。　　　　　　　夜晚的露珠沾濕我外衣。
衣霑不足惜 ❺，　　　　　　　衣裳沾濕了沒什麼可惜，
但使願無違 ❻。　　　　　　　只要不和自己意願相違。

❶ 南山：一說即柴桑山。在今江西省九江市西南九十里，陶淵明家鄉柴桑即以此山命名。一說即廬山，亦可，柴桑山在廬山北麓。

❷ 晨興：早起。一作晨星，亦通，即晨星出現之意。理：清理。荒穢：荒蕪，荒草。穢，田中長很多雜草。

❸ 帶月：攜帶月亮。月亮照人，人在下面走，我們覺得它跟隨人走，也可想像為人帶着月亮走，這是形象化的寫法。月亮升起，說明時間已黃昏。荷鋤：扛着鋤頭。荷，揹、扛。

❹ 霑：同沾，浸濕。

❺ 不足：不值得。

❻ 願：心願，指歸隱躬耕的心願，亦指農耕豐收的心願。

【賞析】

　　這首詩直接寫詩人參與耕種的具體情景。首二句寫在南山下種豆，豆苗生長情況不佳，雜草多豆苗稀少，可能是初耕缺乏經驗所致。三、四句寫他勤勞耕作的情景：一早起來清理雜草，到黃昏月升才荷鋤歸家，做為一個士人親身不辭艱辛的勞動，實在難能可貴。五、六句寫歸家路上道路狹窄草木茂密，草木上的露珠把衣服都浸濕了。最後二句說衣服浸濕不要緊，最重要的是自己歸隱躬耕收穫豐富的心願能夠實現。

　　把前首詩的末句與此首末句並列看，可知陶淵明對農耕的重視。前者唯恐霜霰早降使桑麻零落；此首則言只要豐收願望能實現，衣服濕透了都不要緊。

　　陶淵明這首詩的成功與他躬耕田畝有關。正是此點，為其他後代田園詩人所無法企及。鍾伯敬在《古詩歸》中說：「幽厚之氣，有似樂府（漢魏樂府詩）。儲（儲光羲）王（王維）田園詩，妙處出此。浩然（孟浩然）非不近陶，而似不能為此一派，曰清而微遜其樸（清新但不如陶淵明真樸）。譚元春曰：『高堂深居人（長久居住於高大廳堂裏的人）動欲擬陶（動不動就模擬陶淵明），陶此境此語，非老於田畝不知。』」可謂一語中的。

其四

【譯注】

久去山澤遊 ❶，	離開山澤入仕已經很久，
浪莽林野娛 ❷。	空曠的林野可供人歡娛。
試攜子姪輩 ❸，	姑且攜帶子姪出來走走，

披榛步荒墟 ❹。	撥開叢雜草木漫步荒墟。
徘徊丘壠間 ❺，	徘徊在一座座墓地之間，
依依昔人居 ❻。	依稀可辨從前有人居住。
井竈有遺處 ❼，	還遺留下來井竈的痕跡，
桑竹殘朽株 ❽。	滿地是桑竹殘朽的根株。
借問採薪者 ❾：	請問在林中砍柴的樵夫：
此人皆焉如 ❿？	這些居民如今均往何處？
薪者向我言：	砍柴的樵夫便答覆我道：
死沒無復餘 ⓫。	都死去了一個也沒剩餘。
「一世異朝市」 ⓬，	「三十年朝市面貌全改變」，
此語真不虛 ⓭！	這句話真有事實做根據！
人生似幻化 ⓮，	人生彷彿幻影變化莫測，
終當歸空無 ⓯。	末了還自當回歸到空無。

❶ 去：離開。山澤：山林湖澤，這裏指田園生活。遊：遊宦，在外做官。也可以做遊玩解。如屬前者，此句宜釋為由於長期在外地做官因此與山林湖澤久違了；倘屬後者，則可釋為長期不做山林湖澤之遊。

❷ 浪莽：即放浪不拘，廣大空曠貌。林野：佈滿樹林的郊野。娛：歡娛，快樂。

❸ 試：初次、偶而，轉為「偶而有一次」之意。輩：……等人。

❹ 榛：叢生的樹木。步：本是名詞，這裏作動詞用，漫步。荒墟：荒廢的墟落（村落）。

❺ 丘壠：墳墓。亦作「丘隴」。

❻ 依依：隱隱約約可以辨認得出。這兩句是說徘徊在一座座墳墓之間，模模糊糊地還可以分辨得出過去曾有人在此居住。

❼ 遺處：遺留下痕跡。

❽ 株：露在地面上的樹木的根和莖。以上四句可能是映現出晉末軍閥為爭權混

戰，戰亂後的破敗情景：晉安帝元興二年（公元 403 年）桓玄篡位，代晉自立。次年，劉裕起兵討伐，雙方曾在潯陽（今江西省九江市，陶淵明家鄉就在其西南）一帶激戰。戰爭帶來極大的破壞，生命財產損失慘重。

❾ 借問：敬辭，用於向人打聽事情。採薪者：打柴的人。

❿ 此人：這些人，指居民。焉如：哪裏去。

⓫ 死沒：死去。沒，同「歿」。無復餘：再沒有一個剩下，就是說死光了。

⓬ 一世：三十年為一世。異：變異、變遷。朝市：即市朝，市集，中國傳統的一種農村貿易組織形式，是中國農村的初級市場。這句是當時的諺語，說每隔三十年市朝一定會有變遷，寓有社會世事不斷迅速變遷的慨嘆。

⓭ 不虛：不假，虛，虛假。意為上面那句話是真理。

⓮ 幻化：夢幻泡影，變化莫測。

⓯ 空無：虛空無有。這兩句是說人生如夢幻泡影，最終都歸於滅絕、空無。

【賞析】

此詩前四句寫自己久別山澤仕宦，今日得以離開官場狹小的牢籠，回歸空曠的林野，攜帶子姪輩出遊荒墟。緊隨四句寫荒墟情景：只見墳墓堆堆，昔日在此居住的人們，均在兵燹中變成鬼魂，剩下的只有井竈的遺跡，桑竹的殘株，滿目淒涼，令人心酸！接着的四句寫詩人面對此淒涼景象不明所以，乃詢問樵夫，答以居民全死光了，但並未寫出產生此現象的因由。詩人留下了給讀者思考的空間：是天災抑是人禍？當時的人可能知道，而距離那個時代已一個半世紀的我們卻煞費猜測了（譯注中的解釋只是其中的一種）。最後四句抒發了詩人對世事多變，人生無常，宇宙萬物彷彿夢幻泡影，終歸空無的慨嘆。在人的生命不如雞與犬的亂世，有這種

情緒，是很自然的事。因此這些詩句，是能引起當代以及後世人們普遍共鳴的。

在藝術手法上，此詩先寫戰爭的惡果，然後敘採薪者的一問一答，靈活地表現戰爭帶來的無窮苦難的技巧給杜甫的反戰詩如《兵車行》、《三別》以極大的啟示作用。《兵車行》在寫士兵出征前父母妻子相送「牽衣頓足攔道哭，哭聲直上干雲霄」之後，調轉筆頭寫「道旁過者（即作者）問行人（出征的士兵），行人但云點行頻（行人說，每年徵兵好多次）……」接着行人說出由於統治階層窮兵黷武、造成生靈塗炭的悲慘事實。《新安吏》中杜甫更發展為除了首二句，全篇都用詩人與新安吏的對話描述了在不義之戰中由於兵源不足，連不足齡的男孩都抓去前線服兵役，挖掘戰壕的血淚斑斑場面。

由此可見陶淵明詩歌的獨創性及其影響的深遠。

其五

【譯注】

悵恨獨策還 ❶，	懷着悵恨獨自拄杖還家，
崎嶇歷榛曲 ❷。	走過草木叢生的崎嶇路。
山澗清且淺 ❸，	深山裏的溪水清而且淺，
可以濯吾足 ❹。	可以拿來洗濯我的雙足。
漉我新熟酒 ❺，	過濾一下我新釀的美酒，
隻雞招近局 ❻。	殺隻雞邀鄰居良宵共度。
日入室中闇 ❼，	太陽落山室內逐漸黑暗，
荊薪代明燭 ❽。	點燃荊條代替明亮蠟燭。

歡來苦夕短 ❾，　　　　　　　相聚歡樂苦於夜晚太短，

已復至天旭 ❿。　　　　　　　不知不覺間東方露曦曙。

❶　策：策杖，拄着拐杖。

❷　歷：走過。崎嶇：形容山路不平。榛曲：草木叢生隱蔽曲折的地方。

❸　山澗：山間流水的溝。

❹　濯：洗。此句用《孟子・離婁上》孺子（小孩子）唱的歌：「滄浪之水清兮，
　　可以濯吾纓；滄浪之水濁兮，可以濯吾足（青蒼色的水浪潔淨啊，可以洗我的
　　帽帶；青蒼色的水浪混濁啊，可以洗我的腳）。」《孟子》中的原意為水清便拿
　　來洗纓，水濁便拿來洗腳，現在作者用清水洗腳，含有潔身絕俗的意思。

❺　漉：過濾。把酒用布過濾，使之淨清。

❻　招近局：邀請近鄰而成局。局，多人聚會成局，如飯局。

❼　闇：同「暗」。

❽　荊薪：用荊條為燃料。代明燭：代替蠟燭照明。

❾　歡來：歡樂。來，語助詞，無實義。

❿　已：很快已經。復至：又到。天旭：天空旭日東升。旭，旭日，剛出來的
　　太陽。

【賞析】

　　這首詩從首二句「悵恨獨策還，崎嶇歷榛曲」可知它大概是前首詩的
續編。前詩由荒墟顯示的戰爭的殘酷聯想到生命的無常，一切終歸空無，
悵恨不已。此首頭四句寫他懷着悵恨的心情從林野回家時的所見和所為。
第二句的「崎嶇歷榛曲」與前首的第四句「披榛步荒墟」相呼應。後六句
寫詩人歸家後漉酒宰雞款待近鄰，通宵歡宴暢飲的情景。詩人為什麼會如

此歡樂呢？結合前詩內容：許多人都因戰禍奔赴黃泉，自己和鄉親父老卻·能獨存，實屬幸運之至，怎能不歡樂？其次是，這時已屆秋季（從「漉我新熟酒」可知），收穫不錯，詩人專心致志的農耕得到了酬報，內心的欣悅自不待言，當初「常恐霜霰至，零落同草莽」（第二首）的擔心，完全解凍了，豈能不為此把酒同慶？

關於這首詩的主旨，有人從最後兩句得出「表現了作者及時行樂的消極思想，這是他的『人生似幻化，終當歸空無』的人生觀必然導致的結果」（唐滿先注：《陶淵明集淺注》）的論斷。有人說「前首（第四首）悲死者，此首念生者，而死者已矣，不能復生。至生者尚可得此同樂。先生這種開闊的胸襟，深得人生的奧妙。是以耕種之餘，濯足已罷，以斗酒隻雞，招來鄰曲，荊薪代燭，不覺至天旭，此人生之一樂」。（黃仲崙著：《陶淵明作品研究》）似以後者意見為優。讀者不妨將二者加以比較，從中得出自己的結論。

這五首詩結構謹嚴。每首各有所側重，但均統一在對田園的真摯愛意，對農耕的專心致志，以及與鄉親的融洽和睦的主調中。

讀《山海經》
（十三首選三）

【題解】

　　這組詩約作於晉安帝義熙二年（公元 406 年）至義熙四年（公元 408 年），時陶淵明四十二歲至四十四歲。全組詩十三首，本書只選三首：其一、其九與其十。

　　《山海經》是我國古代地理著作，共十八篇，作者不詳。內容主要為民間傳說中的地理知識：包括山川、地理、民族、物產、藥物、祭祀、巫醫等。其中保存了不少的神話傳說，晉郭璞作注，並題圖贊。第一首中說：「泛覽周王傳，流觀山海圖。」可見陶氏所讀的《山海經》是郭璞題了圖贊的本子，從上引的兩句詩中，看出他除了讀《山海經》外，還讀了《周王傳》，即《穆天子傳》，此書作者不詳，舊題晉郭璞注，共六卷，前五卷記周穆王駕八駿（八匹名馬）西遊的傳說。

首篇是序詩，其餘十二首是借《山海經》與《穆天子傳》中所記的奇異事物抒發情懷，其中寫夸父和精衛等神話人物的幾首更表達出詩人壯志未申的憤慨之情，如所選的第九、十首。

其一

【譯注】

孟夏草木長 ❶，	初夏季節草木茁壯成長，
繞屋樹扶疏 ❷。	多麼繁密啊繞屋的樹木。
眾鳥欣有託 ❸，	鳥兒因有巢居歡欣鼓舞，
吾亦愛吾廬 ❹。	我也珍愛我隱居的茅廬。
既耕亦已種，	耕地與播種農事已完成，
時還讀我書。	空閒的時候還讀我的書。
窮巷隔深轍 ❺，	陋巷狹窄大車不能進入，
頗迴故人車 ❻。	老朋友座駕常常打回頭。
歡言酌春酒 ❼，	高高興興飲醇美的春酒，
摘我園中蔬。	採摘煮食我園中的菜蔬。
微雨從東來，	細雨從東邊輕輕的飄來，
好風與之俱 ❽。	和風也同時柔柔的吹拂。
泛覽《周王傳》 ❾，	泛讀神話傳說《穆天子傳》，
流觀《山海圖》 ❿。	瀏覽精美生動《山海經圖》。
俯仰終宇宙 ⓫，	俯仰之間閱盡宇宙萬物，
不樂復何如 ⓬。	這樣不覺快樂又將何如。

❶ 孟夏：初夏，孟，指農曆一季的第一個月。

❷ 扶疏：枝葉茂盛，高低疏密有致。

❸ 欣有託：因為有了依託（有巢可棲）而歡欣。

❹ 廬：簡陋的房屋。

❺ 窮巷：偏僻而狹小的陋巷。隔：隔絕。深轍：達官貴人乘坐的大車輪子軋下的
痕跡。此句是說居處簡陋，沒有達官顯貴來造訪。

❻ 頗：經常。迴：迴轉。此句是說因為陋巷狹窄，老朋友來了也因無法進入而打
回頭。

❼ 言：語助詞，無實義。一作「然」，歡然，快樂的樣子。酌：斟酒。春酒：冬
日釀造，到了春天才飲的酒。

❽ 之：它，指微雨。俱：一同。

❾ 泛覽：不深入，泛泛地閱覽。《周王傳》：即《穆天子傳》，參看「題解」。

❿ 流觀：瀏覽，大略地看《山海經圖》，參看「題解」。

⓫ 俯仰：俯仰之間，形容時間的短暫，即片刻之間。終宇宙：遊遍宇宙。終，
窮、盡。宇宙，上下四方所有的空間為宇，古往今來的時間為宙。前者指無限
空間，後者指無限時間。此句意為在書中短暫之間就能遊遍宇宙。

⓬ 復：又。何如：怎麼樣。這句說如果這種生活還感到不快樂，那又想怎樣呢？
說明詩人對這種安適生活十分滿意。

【賞析】

此詩表現了隱居田園，閒暇時讀書，得以神遊宇宙的無限樂趣。

頭四句描述田園初夏草木茁壯成長，枝葉繁茂，自己像鳥兒喜歡棲止
的窩巢一樣愛惜居住的茅廬；接着四句寫農事既畢，趁閒暇讀書消遣，而

與外界隔絕來往；再下四句寫春酒釀成，遂採摘園中菜蔬下酒，此時細雨飄灑、和風吹拂，快何如之；最後四句抒發瀏覽記載古代神話傳說的《穆天子傳》和《山海經圖》之後，頃刻間上天入地，神遊宇宙，心中的愉快無與倫比。從以上的說明可以看出本詩的藝術特色為情景交融：夏日蔥蘢的草木，鳥兒在樹上欣悅的跳躍、鳴叫、細雨飄灑和風吹拂，與詩人閒舒安適，悠然自得的心情和諧地互相滲透，形成一片化機。

清溫汝能在《陶詩彙評》中說：「首章揭明『俯仰宇宙』四字，包括一切。下十二章俱從此出，借神仙荒怪之論，以發其悲憤不平之慨，此大較也。」從以下所選的《山海經》二首可以證明溫氏所言非虛。

其九

【譯注】

夸父誕宏志 ❶，	夸父誇下宏願大志，
乃與日競走 ❷。	竟然去和太陽競走。
俱至虞淵下 ❸，	他們同到虞淵下面，
似若無勝負 ❹。	似乎很難分出勝負。
神力既殊妙 ❺，	神力既然如此奇妙，
傾河焉足有 ❻。	喝乾河水都不足夠。
餘跡寄鄧林 ❼，	棄杖遺跡化成鄧林，
功竟在身後 ❽。	功成業就在身死後。

❶ 夸父：古代神話人物。《山海經‧海外北經》載：夸父立志和太陽賽跑，趕到太陽入口處，焦渴難當，便喝乾黃河、渭河兩河的水，仍感不足，要去北飲大

澤，未至，道渴而死，他遺留下的手杖化為桃林。誕：誇口。宏志：宏偉的志向。

❷ 競走：賽跑。

❸ 虞淵：神話傳說中日落的地方。《淮南子‧天文訓》：「日至於虞淵，是謂黃昏。」

❹ 無勝負：分不出勝負。

❺ 神力：神奇的力量。殊妙：特殊妙異。

❻ 傾河：把黃河、渭河的水倒在口中。焉足有：何足有，怎麼夠，即不夠。

❼ 餘跡：夸父棄去手杖的遺跡。寄：寄留、存留。此句意為棄去的木杖化為鄧林。鄧林：樹林，一說是桃林。

❽ 功竟：功業完成。在身後：在死後。此句意為夸父的功業恩澤後人。

【賞析】

首二句寫夸父立下宏偉抱負，敢於追逐熾熱的太陽，意圖征服之；接着二句寫二者同時到達虞淵，難分勝負；五、六句讚揚夸父神力奇妙，但終究過於口渴，儘管喝盡兩河之水，也終於渴死於半道；末二句寫死後仍將其杖化成樹林，以濃蔭供後人乘涼，功垂萬代。

此詩透過歌頌夸父追日的大無畏的英雄氣概，寄寓了詩人的雄心壯志，以及壯志未酬的遺憾。全詩明白如話，雖然用典，但此典為人所熟悉，因此用得自然，看不出用典的痕跡。乃是用典的最高境界。

其十

【譯注】

精衛銜微木，	精衛鳥啣着小小的木塊，
將以填滄海 ❶。	要拿來填平蒼茫的大海。
刑天舞干戚 ❷，	刑天被斬仍舞盾牌板斧，
猛志固常在 ❸。	勇猛的鬥志始終都存在。
同物既無慮 ❹，	生存之時既然無憂無慮，
化去不復悔 ❺。	化為異物後也不再懊悔。
徒設在昔心 ❻，	徒然懷有往昔壯志雄心，
良晨詎可待 ❼。	實現的日子何時能到來。

❶ 精衛：神話中鳥名，據說她是炎帝的女兒女娃變成的。《山海經‧北山經》載：女娃游於東海而被淹死，遂化為鳥，名精衛，心有不甘，常常啣西山的木石去填東海。微木，細小的木塊、樹枝。以：用以。滄海：大海，因大海水呈青蒼色，故稱。滄，通「蒼」，青綠色。

❷ 刑天：神話中人物，因與天帝爭權，失敗後被砍頭，埋在常羊山。但他不肯屈服，以兩乳為目，肚臍當嘴，依然持着盾牌和板斧揮舞着。見《山海經‧海外西經》。干：盾牌。戚：板斧。此句言刑天雖然頭已斷卻仍然揮舞盾斧抗爭不懈。

❸ 猛志：勇猛的鬥志，亦可解為雄心壯志。固：堅決、堅持。一作「故」，依然之意。

❹ 同物：對異物（死了變成鳥成怪）而言，指女娃與刑天生前是人。

❺ 化去：化為異物，即變成鳥與怪。

❻ 徒設:徒然設有(懷有)。在昔心:昔日的雄心。

❼ 良晨:同「良辰」,實現雄心壯志的美好時光。詎可待:怎麼能等待得到。詎可,豈可。

【賞析】

美國學者蘭格(Susanne K. Langer)說:「傳說、神話與神仙故事,本身並非文學,它們決非藝術,只是幻想,然而作為幻想,它們是藝術的當然材料。」神話對文藝的影響十分巨大,不論中外皆然。希臘神話對歐洲文學所起的巨大作用是盡人皆知的;中國神話對作家創作的影響也是不可低估的。就說屈原吧,如果沒有楚國神話的滋養,《離騷》、《九歌》、《天問》這些巨著是決不可能面世的。陶淵明《讀山海經》十三首亦可以為證,下面以所選的第十首為例。

詩的前四句包含了「精衛填海」與「刑天舞干戚」的兩個神話故事。詩作的前四句重點在「猛志固常在」,讚頌了「精衛」和「刑天」的不屈不撓。第五、六句說他們都已身死,化為異物(女娃化為鳥,刑天變成怪),因此既無所憂慮,更無所悔恨。最後二句說,過去空懷凌雲壯志,但要實現不知要等到何時。

陶淵明生當晉末政治黑暗的亂世,無法實現宏偉的抱負,但又不肯同流合污,於是歸隱田園。但他始終未曾消沉過,在閱讀古代神話《山海經》時,精衛與刑天的悲劇形象中所流露的「猛志固常在」的精神深深潛入其心府,於是這首傑作誕生了。其中抒發了他與精衛、刑天之息息相通的情懷,使後人從詩歌的字裏行間咀嚼到這位「通體靜穆」的田園詩人熾熱似火的情思。這種情思也顯示在《詠荊軻》以及《擬古九首》第八首(「少

時壯且厲，撫劍獨行遊」）等詩中。

梁啟超說：「在極閒適的詩境中，常常露出些奇情壯思來。」「《讀山海經》是集中最浪漫的作品，所以不知不覺把他的『潛在意識』衝動出來了。」（《陶淵明之文藝及其品格》）

魯迅如此評說道：陶詩中「除論客所佩服的『悠然見南山』之外，也還有『精衛銜微木，將以填滄海，刑天舞干戚，猛志固常在』之類的『金剛怒目』式。在證明着他並非整天整夜的飄飄然」。（《且介亭雜文二集·〈題未定〉草（六）》）

庚戌歲九月中於西田穫早稻

【題解】

　　此詩作於庚戌歲，即晉安帝義熙六年（公元 410 年），那時淵明四十六歲。詩中寫出他在自己住宅西邊的農田收穫早稻時的種種感受，表達了要用勞作以求衣食之安以及矢志躬耕的決心。

　　西田：可能是指淵明園田居住宅西邊的園地。早稻：插秧期比較早，或生長期比較短，成熟期比較早的稻子。按照潯陽的習俗早稻應該在農曆六月收割，九月才收割，因此詩中所寫可能不是早稻，而是「旱稻」（種在旱地裏的稻，抗旱能力比水稻稍強），「早」乃「旱」之誤。一說由於八月之前潯陽地區官兵與軍閥盧循展開拉鋸戰，因此收穫早稻延至九月。

【譯注】

人生歸有道 **❶**，	人生的趨向有一定規則，
衣食固其端 **❷**。	衣食本就是生存的源端。
孰是都不營 **❸**，	怎麼可以連這都不經營，
而以求自安 **❹**？	卻可求取生活理得心安？
開春理常業 **❺**，	開春後就料理日常農務，
歲功聊可觀 **❻**。	一年的收成將相當可觀。
晨出肆微勤 **❼**，	早晨出去從事輕微勞作，
日入負耒還 **❽**。	太陽下山扛着農具回返。
山中饒霜露 **❾**，	山中的田地佈滿了霜露，
風氣亦先寒 **❿**。	風勢空氣也比山下早寒。
田家豈不苦？	種田人家怎麼會不辛苦？
弗穫辭此難 **⓫**。	但又無法擺脫這種艱難。
四體誠乃疲 **⓬**，	四肢實在是十分的疲勞，
庶無異患干 **⓭**。	可能不會有意外的禍患。
盥濯息簷下 **⓮**，	洗手濯足在屋簷下歇息，
斗酒散襟顏 **⓯**。	杯酒下肚襟懷開容顏展。
遙遙沮溺心 **⓰**，	古代長沮與桀溺的心思，
千載乃相關 **⓱**。	千年後竟能同我相繫連。
但願長如此，	只願長長久久能夠如此，
躬耕非所嘆 **⓲**。	親身耕種並不需要悲嘆。

❶ 歸：歸向、趨向。道：道理、規則。

❷ 固：本來。端：（東西的）頭，頭等大事。

❸ 孰：何，為什麼。是：這個，代言經營衣食這件事，泛指農事。營：經營、籌劃並管理。

❹ 自安：自我心安理得。

❺ 開春：春初，一般指農曆正月或立春（陽曆二月四日前後）。常業：日常的業務（農活）。

❻ 歲功：一年農事的收穫。歲，年。功，功效，成效、成果。聊：大概、大略。

❼ 肆：施用。微勤：些微的勞力。這句說早晨到田地裏只用了很少的勞力耕作。乃是謙虛的說法，實際上他是非常賣力的，從詩的以下一連幾句可以看出。

❽ 負耒：扛着農具。耒，古代的一種農具，形狀像木叉，也用為農具的統稱。

❾ 饒：多。

❿ 風氣：指天氣。這句是說山中天氣比山下冷得早。

⓫ 弗穫：不穫，得不到。辭：辭去，擺脫。難：艱難辛苦的勞作。

⓬ 四體：四肢。誠：確實。乃：是。

⓭ 庶：庶幾，或許。異患：意外不尋常的禍患。干：干擾。

⓮ 盥：洗手。濯：洗，指洗足。息簷下：「簷下息」的倒裝。

⓯ 斗酒：杯酒。斗，古代盛酒的器具。散襟顏：心胸舒展，容顏開朗，即散心解悶之意。散，把心中的鬱結和因此表現在容顏上的不悅的顏色驅散開。

⓰ 沮溺：長沮、桀溺，春秋時代的隱者，見《癸卯歲始春懷古田舍》二首，其二注⓫。

⓱ 乃：竟然。相關：互相關聯、契合。

⓲ 非所嘆：並非可嘆的事，意為親身落地耕種雖然艱辛，但自有其樂趣，因此並不需要為此而感嘆。

【賞析】

　　此詩前四句言農耕乃人生的頭等大事，是人們生存的本源，顯示出淵明的重農思想。接着十二句寫從春耕到秋收的全過程，具體描寫勞作的艱辛（七至十句），並為田家無法擺脫此艱辛而作不平鳴（十一、二句），顯示了詩人悲天憫人的襟懷。當然他也寫出勞作的樂趣：勞作之後雖然身子疲乏，但盥濯完畢，休息簷下，斗酒入肚，亦頓時忘記勞累，眉開顏笑，其樂融融（十三、四句）。比起那些不參加勞作的文人的詩來（片面強調勞作之樂或苦），陶詩是寫得全面而真實。終篇四句寫自己的不慕榮祿，回歸真樸的精神與古代的隱者息息相通，並點出對自己的躬耕志向矢志不渝。

　　從這首詩顯示出，陶淵明的隱逸並不像後代一些隱逸之士，孤芳自賞，不食人間煙火；他的隱逸，是人間的。他投入農耕之中，自食其力，親身感受農耕的艱辛，也分享農耕的樂趣，這是他的田園詩後人難以超越的主要原因。

　　這首詩在語意的轉折方面頗具特色。清代邱嘉穗在《東山草堂陶詩箋》中說：「陶公詩多轉勢，或數句一轉，或一句一轉，所以為佳。『田家豈不苦』四句，逐句作轉，其他類推求之，靡篇不有（其他的照此推論，沒有一篇不是這樣），此蕭統（南朝梁代著名文學家）所謂『抑揚爽朗，莫之與京』也（高低上下轉折自然明晰，沒有人能比它更好）。」以此詩而言，一開始說從人生常理正面肯定衣食乃首要者，接着一轉「孰是」二句，說有人不營農事而求自安，則又從反面來肯定。在寫了開春打理農事，瞻望今年可能豐收之後，接着一轉寫農耕的艱辛；在寫農耕艱辛田家艱苦無法擺脫此苦難之後，又一轉寫勞作之後歇息，盥濯飲酒的樂趣。末了再一轉把古今隱者的精神貫通起來，表明志向，把詩意引向更高的境界。詩意轉折的靈活自然，顯示高度的寫作技巧。

移居二首

【題解】

　　陶淵明一生，共住過三個地方。一是上京里老家，地點在柴桑城外五里處。二是園田居，又稱懷古田舍，地點在上京里老家南面，離柴桑城較遠。此一居處在戊申歲（公元 408 年）遇火，焚燒殆盡。三是南村村舍，地點離柴桑城更遠，居住條件是三處中最差的。由此詩中的「敝廬何必廣，取足蔽牀席」中可以看出。

　　本詩是在晉安帝義熙六年（公元 410 年）即在園田居遭遇火災的兩年後詩人移居南村時寫的。那時詩人四十六歲。詩中說移居是卜鄰而居，希望鄰居有許多心地質樸的人。其實正如有的研究者所說：除此之外，前年園田居火災，雖經修葺，不免有焦敗景象，而本年潯陽地區戰亂，南村離潯陽城最遠，比田園居更為安全，故移居至此。

這兩首詩，第一首寫移居南村的原因以及移居後與鄰居談論往事，賞析詩文之趣；第二首寫農閒之時與鄰里登高賦詩，宴飲言笑之樂。

其一

【譯注】

昔欲居南村 ❶，	當初就想搬到南村居住，
非為卜其宅 ❷。	並非為了它是吉祥宅地。
聞多素心人 ❸，	聽說很多素心人住那裏，
樂與數晨夕 ❹。	樂意跟他們早晚在一起。
懷此頗有年 ❺，	懷抱這種想法有好些年，
今日從茲役 ❻。	今日才能實現遷移之事。
敝廬何必廣 ❼，	簡陋房屋何必那麼寬敞，
取足蔽牀席 ❽。	只要能夠遮蓋住牀與席。
鄰曲時時來 ❾，	隔鄰的友人時時來探訪，
抗言談在昔 ❿。	坦率無隱地談論昔日事。
奇文共欣賞 ⓫，	奇妙的文章共同來欣賞，
疑義相與析 ⓬。	疑難問題互相探討分析。

❶ 昔：當初，指四十四歲時園田居遇火災時。

❷ 卜其宅：選擇它是吉祥的居處。卜宅，用占卜（古代用龜殼蓍草推斷吉凶禍福）來決定建築住宅的地方。這句語出《左傳‧昭公三年》：「諺曰：『非宅是卜，唯鄰是卜』」（諺語說：不選擇住宅的吉祥與否，只選擇有好的鄰居），聯繫下面二句可知移居是為了「卜鄰」。

❸ 素心人：心地質樸、淡泊名利的人，這些人與自己志趣相投。其中包括農民和讀書人，從末二句「奇文共欣賞，疑義相與析」可以看出。

❹ 數晨夕：朝夕相處，日日相處。數，屢次、頻繁，說明了與素心人經常聚會，次數頻繁。

❺ 此：這種想法。頗有年：有很多年。頗，很。有年，有好些日子。

❻ 從茲役：從事這項事務。役，需要出勞力的事務，指搬家。

❼ 敝廬：破爛的房屋。謙稱自己的房屋。

❽ 取足：獲得滿足。這句承上句說房屋不必寬廣。只要能裝得下一張牀席就滿足了。

❾ 鄰曲：鄰居。

❿ 抗言：毫無顧忌，高談闊論。在昔：指往事。此句說他們談得興高采烈。

⓫ 奇文：新奇美妙的文章。

⓬ 疑義：意義有疑難不明白的地方。析：分析討論。

【賞析】

　　這首詩前四句說明自己移居南村不是為了求得吉利，而是因為這裏有許多和自己一樣不慕虛榮本性純樸的人可以朝夕相處。中間四句寫此次移居，實現了多年的宿願，所以即使房屋狹窄只能容納一張牀席亦已十分滿足。最後四句寫詩人與鄰居相處如水乳交融，他們在一起可以無拘無束地交流讀到奇文（這些奇文可能是他們自己寫出來的，也可能是其他地方別人寫的）的心得、有疑難的問題大家都能仔細分析，坦率說出看法，展開熱烈爭辯，以期求得真理。「奇文共欣賞，疑義相與析」已成為中國文論的金句，乃是因為它道出在欣賞文學作品時的互相包容的態度，顯示出欣

賞者廣闊的胸襟。從中還展現了文學欣賞者（甚或批評者）之間如沐春風的和諧氣氛。一切真理的探尋均只能從這種氣氛中取得豐碩成果。此二句還表現出陶氏毫無「文人相輕」而是「相重」的坦蕩心懷。

其二

【 譯注 】

春秋多佳日 ❶，	春秋時節最多良辰佳日，
登高賦新詩 ❷。	跟鄰居登高郊遊作新詩。
過門更相呼 ❸，	經過門前更不免相邀喚，
有酒斟酌之 ❹。	有美酒就斟給大家品試。
農務各自歸 ❺，	農事忙時各自回家耕作，
閒暇輒相思 ❻。	閒暇時候常常彼此相思。
相思則披衣 ❼，	一相思就披着衣造訪去，
言笑無厭時。	說說笑笑沒有厭倦之時。
此理將不勝 ❽，	這種生活豈非妙不可言，
無為忽去茲 ❾。	沒有理由匆匆把它拋棄。
衣食當須紀 ❿，	穿衣吃飯需要自己處理，
力耕不吾欺 ⓫。	努力耕作我決不會受欺。

❶ 佳日：美好的日子，可能是說春天繁花競放，秋日天高氣爽。

❷ 賦：創作。

❸ 更相呼：更不免相互邀喚，意思是平時不經過門前都互相邀喚，路過門前那一定邀請進去了，說明鄰里之間關係的融洽，親同一家。

❹ 斟酌：往杯子或碗裏倒（酒或茶）給人飲。

❺ 農務：農事，指農事來時。

❻ 輒：就，往往。

❼ 披衣：穿上衣服去拜訪。

❽ 此理：這種生活道理（規律、方式）。將：豈。勝：美好。

❾ 無為：沒有必要。忽：匆忙、輕忽、輕易。去茲：離開這種生活方式。此句意
為沒有理由輕率地把這種生活方式拋棄。

❿ 紀：經營、處理。

⓫ 不吾欺：「不欺吾」的倒裝。意為只要努力耕作，就一定會有好收成，田地是
不會欺騙我的。亦即「一分耕耘，必有一分收穫」之意。有人將「不吾欺」解
釋為不自己欺騙自己，即耕種時十分賣力，不敷衍了事，亦通。

【賞析】

　　這首詩頭四句寫春秋時節詩人或與鄰里友人登高賦詩，或相邀鄉親開
懷暢飲。接着寫農忙時更忙各家的耕作，一閒下來就互相思念，一思念就
馬上披衣造訪，而且談笑無厭倦之時。可見詩人與鄰里之間感情的深厚，
他們有說不盡的話要談，有數不完的樂趣要共同分享，「閒暇輒相思，相
思則披衣」用頂真修辭手法寫出相思的迫切，相思時即迫不及待要見面。
最後四句中前二句寫自己，對當前的生活樂趣十分滿意，絕對沒有理由輕
易地離棄它，珍惜之情躍然紙上。末二句表明自己將與鄉親們一起自食其
力，努力耕作，因為他相信大自然不會辜負他，會給他以豐收來酬答。

雜詩（八首選三）

【題解】

　　這是陶淵明十二首雜詩中的第一、二、五三首，這十二首詩，從內容看來，並非一時之作。後四首詩「詩意隱晦，無從確定年代」，前八首「詞意一貫，內容多嘆息家貧年衰，及力圖自勉之意，當為晚年所作」（王瑤語），詩的第六首有「奈何五十年」句，可見這組詩可能是詩人五十歲，即晉安帝義熙十年（公元 414 年）之作。

　　雜詩，詩體的一種，其特徵可參看本書第一首的「題解」。

其一

【譯注】

人生無根蒂 ❶，　　　　　　　人生世上沒有穩固根蒂，

飄如陌上塵 ❷；　　　　　　　飄忽不定猶如路上飛塵；

分散逐風轉 ❸，　　　　　　　塵土被吹散隨着風飄轉，

此已非常身 ❹。　　　　　　　這時已不是原樣的自身。

落地為兄弟 ❺，　　　　　　　呱呱落地本來就是兄弟，

何必骨肉親 ❻。　　　　　　　為什麼非要骨肉才相親。

得歡當作樂 ❼，　　　　　　　稱心如意時要盡情作樂，

斗酒聚比鄰 ❽。　　　　　　　邀請左鄰右舍舉杯暢飲。

盛年不重來 ❾，　　　　　　　壯年過去後不會再返回，

一日難再晨 ❿。　　　　　　　一天不可能有兩個早晨。

及時當勉勵 ⓫，　　　　　　　要趁年輕力壯自強不息，

歲月不待人。　　　　　　　　時光如流水不會等待人。

❶ 蒂：花朵或果實與枝莖相連的部分。這句詩是比喻人生在世，飄泊無依，不像草木花果有根蒂。

❷ 陌上：田間道路之上。陌，田間東西方向的道路（南北方向的道路稱「阡」），泛指田間的道路。

❸ 分散：指塵土被風吹散，比喻人生被不可知的命運所播弄，不由自主。逐：跟隨。

❹ 此：此身，指被命運擺佈後的身體。非常身：不是原來的軀體，即不是原來的樣子了。這句表達了人生無常（變化不定）的意思。

❺ 落地：降生。這句是說人們一降生人間本來就是兄弟。語本《論語 · 顏淵》：

「四海之內，皆兄弟也。」

❻ 骨肉：指父母兄弟子女等親人，他們像骨與肉緊密相連不可分割。這句緊接上句說為什麼一定要骨肉才相親相愛呢？

❼ 得歡：獲得歡樂（的機會）。作樂：取樂，尋求快樂。

❽ 斗酒：杯酒。斗，古代盛酒的一種容器。比鄰：近鄰。比，並列，緊靠。

❾ 盛年：壯年，三四十歲的年紀，這裏指生命中美好的歲月。

❿ 再晨：第二個早晨。

⓫ 及時當勉勵：是倒裝句，即當及時勉勵。

【賞析】

此詩首四句寫人無法掌握自己的命運，一切變幻無常，轉瞬之間，「已非前身」。接着四句說既然如此，就要把握現在，與周圍的人相親相愛，親如兄弟，大家一同把酒言歡及時行樂；最後四句勉勵人們應當及時努力，因為歲月不待人。

這首詩末四句已成為人們要珍惜時光的座右銘，從中可以看出陶淵明當時雖然年已五十，仍然力求上進，其精神令人感動。梁啟超說：「這些詩都是晚年的作品，你看他那進德的念頭……何等勇猛，許多有暮氣的少年，真該愧死了。」宋美齡說：「學問是永無止境的。學術，德業是有永恆價值的。只有每一分鐘都不放棄追求學問的熱忱，毅力，才能得到永恆價值的德業。如果對自己鬆懈或放棄繼續切磋琢磨的話，那就將使今後的成就，黯然失色。西人說：『彗星只是在飛行時發光，心智也是如此』。當我們停頓時，生命便成晦暗。我們的田園詩人陶淵明，也曾經有過這樣的一首詩，他說：『盛年不重來，一日難再晨。及時當勉勵，歲月不待人。』

我樂意向大家複述這兩段的意思⋯⋯」

　　陶淵明是李白所尊崇的詩人，他的為人與作品對李白有頗大的影響，這首詩可以為證，李白的名作《將進酒》中的「君不見高堂明鏡悲白髮，朝如青絲暮成雪。人生得意須盡歡，莫使金樽空對月」是不是有「分散逐風轉，此已非常身」「得歡當作樂，斗酒聚比鄰」的痕跡呢？只是李白表現得較為放縱，較為浪漫而已。

其二

【譯注】

白日淪西阿 ❶，	明亮的太陽向西山沉落，
素月出東嶺 ❷。	皎潔的月亮從東嶺上升。
遙遙萬里暉，	光輝普照萬里遙遙無際，
蕩蕩空中景。	浩浩蕩蕩天宇景色澄明。
風來入房戶，	一陣陣涼風吹襲入房門，
夜中枕席冷。	半夜裏覺得枕席冷冰冰。
氣變悟時易 ❸，	氣候變化想到季節更換，
不眠知夕永 ❹。	失眠時候知道夜晚長永。
欲言無予和 ❺，	有話想說沒人與我交談，
揮杯勸孤影 ❻。	只好舉杯面對孤獨身影。
日月擲人去 ❼，	光陰啊不停地向前飛逝，
有志不獲騁 ❽。	縱有雄心壯志施展無從。
念此懷悲悽，	想到這些不禁滿懷悲傷，
終曉不能靜 ❾。	通宵達旦內心無法平靜。

❶ 淪：沉沒。西阿：西面的山丘。阿，大的丘陵，或連綿成片的小山。

❷ 素月：皎潔的月亮。素，白色。

❸ 悟：意識到。易：更換。

❹ 不眠：失眠。永：長久。

❺ 無予和：無人與我談天。予，我。和，應和，交談。

❻ 揮杯：舉起酒杯。勸孤影：勸自己孤獨的影子一起來飲酒。上下二句都表示詩
人的寂寞難耐。

❼ 日月：時間，時光。擲人去：拋棄人而離去。這句是說光陰似箭，不停地飛
逝，離人而去。

❽ 不獲騁：得不到展現的機會。騁，馳騁，形容車馬等跑得很快。這裏比喻志向
的施展。

❾ 終曉：一直到拂曉（天快亮的時候）。

【賞析】

　　這首詩前四句寫夕陽下山，皎月升起，月輝遍灑遙遙萬里，光波浩
浩蕩蕩，天宇景色空明澄澈。夜景是美麗的，但詩人的內心卻是寂寞的。
「蕩蕩」二字之中還含有面對月光普照、茫茫無涯的宇宙空蕩無依的孤獨
感。接着六句寫夜裏秋風吹入戶中，涼意襲人，詩人感覺到季節的變易，
想與人對談無伴，只有對着孤影自飲。末四句抒發光陰流逝，壯志未酬，
思之悲悽滿懷，情緒波動，終夜不眠。

　　讀此詩時要注意的是「氣變悟時易」之句的內涵。「氣變」與「時易」，
不只是指自然界氣候季節的變化，它也許暗指時局政局的變易，可能是指
劉裕於晉元帝元熙二年（公元 420 年）篡晉自立為帝的江山易主。邱嘉

穗說：「日淪月出，氣變時易，似亦微指晉代革代之事而言」是有一定道理的，由此可見詩人此時心事浩茫連廣宇。

<h2 style="text-align:center">其五</h2>

【譯注】

憶我少壯時，	回憶當初年青力壯之時，
無樂自欣豫❶。	沒有樂事內心也覺欣喜。
猛志逸四海❷，	雄心壯志縱橫五湖四海，
騫翮思遠翥❸。	像鵬鳥展翅向遠方飛去。
荏苒歲月頹❹，	時光在不知不覺中流逝，
此心稍已去❺。	遠大的抱負也逐漸離析。
值歡無復娛❻，	遇上高興事都不再歡娛，
每每多憂慮。	心中經常懷有許多憂慮。
氣力漸衰損，	體質氣力漸次衰弱虧損，
轉覺日不如❼。	覺得情況一天天壞下去。
壑舟無須臾，	大自然的變動永無止息，
引我不得住❽。	使得我青春也不能留駐。
前塗當幾許❾？	前途漫漫究竟有多少里？
未知止泊處❿。	什麼地方是我停泊之處。
古人惜寸陰⓫，	古人愛惜每一寸的光陰，
念此使人懼。	想到這裏令人恐懼戰慄。

❶ 無樂：沒有什麼使人快樂的事。自：自然。欣豫：欣悅安適。這二句是說自己年輕時生活無憂無慮，十分幸福，有發自內心的快樂。

❷ 猛志：雄心壯志，猛，有生命力。逸：奔跑。四海：古人以為中國四境有海圍繞。四海，猶如天下，指全國各處。這句是說自己有縱橫四海的雄心壯志。

❸ 騫：舉起。翮：翅膀。翥：飛翔。這句借鵬鳥展翅遠飛，比喻自己為實現雄心壯志而行動起來。

❹ 荏苒：（時光）漸漸過去。頹：頹敗、衰退、消退。這句說光陰不停地流逝。

❺ 此心：指雄心壯志。稍：逐漸。去：離開，這二句是說隨着時光的流逝，自己的壯志已消磨殆盡。

❻ 值歡：遇到歡樂之事。無復：不再。娛：歡娛，歡樂。這二句是說，不論什麼歡樂的事情都不能使自己高興起來，憂慮常常伴隨左右。

❼ 轉覺：轉而覺得。日不如：一日不如一日，一天比一天差。

❽ 壑舟：此詞用《莊子·大宗師》中的典故：「夫藏舟於壑，藏山於澤，謂之固矣；然而夜半有力者負之而走，昧者不知也。」意為把船藏在山溝裏，把山藏在大澤中，以為安穩牢固十分保險；然而在半夜裏卻被有力量的大自然揹走了。那些愚昧的人對此是無法理解的。這是因為隨着時間的變化和自然的運行，新船變舊船，大山也不復原來的面貌。這裏用來比喻大自然不停地運行，時光不斷地流逝，一切都在不停的量變，最後質變。無須臾：沒有片刻停止變化。須臾，片刻，一瞬間。引我：使我。住：停住。這兩句是說大自然運行不斷，使自己不得不衰老。

❾ 前塗：前路。指未來的人生道路。塗，通「途」。當：應當有。幾許：幾多、多少。

❿ 止泊：停泊。停船靠岸。因前面用「藏舟於壑」的典故，所以此句繼續用水上行船比喻在人生道路上行進。這兩句是說，未來的人生道路十分漫長，不知道什麼地方是駐足之處。

❶ 寸陰：十分短暫的時光。《淮南子·原道訓》云：「聖人不貴尺之璧，而重寸之陰，時難得而易失也。」意為聖人不珍惜一尺長的璧（古代一種扁平、圓形、中間有孔的玉器），而重視一寸短的光陰，因為時光難以得到而容易失去。

【賞析】

此詩前四句寫少壯時期縱橫四海的抱負以及無憂無慮的生活情景。接着四句寫精神狀態的變化：隨着時光的推移，昔日的壯志逐漸消磨，不論什麼開心事都不能使他快樂，他陷入憂鬱的羅網之中。下面四句緊接着寫身體方面的變化：體力漸弱，一天不如一天。自然造化不停運轉，青春也難永駐，此規律是無法阻拒的。最後四句瞻望未來，前途漫漫，何處是盡頭？詩人感到迷茫不已。但是當他想到古人愛惜寸陰之時，遂警醒起來言外之意是不應該一再蹉跎，讓歲月白白流走。

這首詩的結構很有特色：首先是回憶少壯時的情志；接着分別從精神與體質方面欠佳的情況承接第一段與之相對照；最後兩句一轉，用一「懼」字與前面的因壯志消磨，氣力衰損相呼應，也策勉自己要向古人的惜寸陰學習，振作起來。所以吳瞻泰在《陶詩彙注》中說：「詩意極有層次，層層翻轉。」

飲酒并序（二十首選十六）

【題解】

　　這組詩是陶淵明的代表作，在中國文學史佔有十分崇高的地位。清代薛雪在《一瓢詩話》中稱讚道：「陶徵士（朝廷徵聘而不受職的隱士）《飲酒》，前無古人，後無來者，真有『絳雲在霄，舒捲自如』之致。」

　　詩的寫作年代，研究者說法紛紜，但以作於晉安帝義熙十三年（公元 417 年）詩人五十三歲時較為合理。因為組詩第十九首有云：「拂衣歸田里……亭亭復一紀」，一紀為十二年，淵明於義熙元年（公元 405 年）辭去彭澤縣令官職返回田園（見《歸園田居》五首），十二年後正是義熙十三年，這二十首詩即寫於此年。從詩中描述的自然景物如「秋菊」、「凝霜」、「荒草」等反映出它們作於秋冬之際，而且並非一下子完成的。

　　組詩題名《飲酒》，內容有的與酒有關，有的無關。其實是一組述懷

詩，詩人只是借酒為題來抒寫情志，寄寓懷抱。梁蕭統在《陶淵明集序》中說：「有疑陶淵明詩篇篇有酒，吾觀其意不在酒，亦寄酒為跡者也。」

　　陶淵明寫這組詩時，正值晉宋易代前夕。三年之後，即公元 420 年，劉裕代晉自立為帝。他雖然歸隱田園，但仍不忘俗世。面對江山即將巨變，不免悒鬱寡歡（陶淵明曾祖、祖父、父親都曾受東晉朝廷的恩惠，曾祖陶侃官至權勢極重的大司馬封長沙郡公，祖父、父親都做過太守一類的官），於是「無夕不飲」，「既醉之後，輒題數句自娛」。然後「命故人書之」（見本詩「序言」）。詩人之所以特別強調詩是醉後寫出的，乃是由於劉裕篡位的野心越來越明顯，東晉的命運已日薄西山，組詩中不免透露對即將崩坍的「舊朝」的依戀以及對未來的「新朝」的憤懣之情，為了躲避文網，只有用此乃酒後「無詮次」（無倫次）之辭來掩飾。組詩的第二十首（本首）的末句更有「但恨多謬誤，君當恕醉人」的說明，可見詩人用心之良苦。

序言

【譯注】

余閒居寡歡 ❶，	我閒居在家少有樂趣，
兼比夜已長 ❷，	加上近來夜晚已漸長，
偶有名酒 ❸，	偶爾得到了美酒佳釀，
無夕不飲 ❹。	沒有一晚不痛快地飲。
顧影獨盡 ❺，	對着那影子獨自斟酌，
忽焉復醉 ❻。	很快就又一醉如爛泥。
既醉之後，	等醉得東倒西歪之後，

輒題數句自娛 ❼。	就寫幾句來自我發洩。
紙墨遂多 ❽，	所寫的詩稿越積越多，
辭無詮次 ❾，	辭句凌亂而沒有次序，
聊命故人書之 ❿，	姑且請故人整理謄清，
以為歡笑爾 ⓫。	作為大家消遣的資料。

❶ 寡歡：很少歡樂，常與悒悒連用，實際上是說愁苦多。

❷ 兼：同時涉及或具有幾種事物，此地可解為加上、並且。比：近來。夜已長：秋後日短夜長越來越明顯，故云。加之心情欠佳，夜不成寐，益覺得其漫難度。

❸ 偶有：偶爾得到。

❹ 無夕：沒有一個晚上。

❺ 顧影：看着（對着）自己的影子。顧，看。獨盡：獨自飲盡。

❻ 焉：語助詞，無實義。

❼ 自娛：自己娛樂自己。

❽ 紙墨：指代詩作。

❾ 詮次：按次序編排。

❿ 故人：老朋友。書：寫，抄寫。

⓫ 以為歡笑：作為可以歡笑的資料。爾：語助詞，無實義。

詩

其一

【譯注】

衰榮無定在 ❶，　　　　　　衰敗與繁榮經常有變化，
彼此更共之 ❷。　　　　　　二者之間更會輪流出現。
邵生瓜田中 ❸，　　　　　　邵平在長安城東種瓜時，
寧似東陵時 ❹？　　　　　　怎能像做東陵侯般貴顯？
寒暑有代謝 ❺，　　　　　　冬去夏來季節互相交替，
人道每如茲 ❻。　　　　　　這一規律也適用於人間。
達人解其會 ❼，　　　　　　通達的人懂得其中道理，
逝將不復疑 ❽。　　　　　　堅決相信絕對不會改變。
忽與一觴酒 ❾，　　　　　　趕快遞給我一杯美酒吧，
日夕歡相持 ❿。　　　　　　我將要舉着它日夜盡歡。

❶　衰榮：衰亡與興盛。無定在：不是固定存在，而是變化無常的。

❷　彼此：指盛衰雙方。更共之：二者更是互相聯繫，即盛衰變化這種現象是在同一個人或同一事物中同時展示。

❸　邵生：即邵平。秦末漢初人，秦時封東陵侯，秦亡成為平民，在長安城東種瓜，瓜味甜美，人稱「東陵瓜」。

❹　寧似：怎麼像，哪裏像。東陵：東陵侯。侯是君主時代五等爵位（公、侯、伯、子、男）的第二等，相當顯赫，這二句是說在長安城東種瓜的邵平遠遠不如做東陵侯時那麼榮耀顯赫。

❺　寒暑：冬夏兩個季節。代謝：來來回回，互相交替。

❻ 人道：人世的規律。每如茲：往往也像這樣。每，每每，往往。茲，此，指事物盛衰交替。

❼ 達人：明白事理的人。解其會：瞭解其中的道理。會，道理聚合所在。

❽ 逝：通「誓」，表示堅決。不復疑：不再遲疑。此句意為，堅決相信人世的變幻無常而不再有所遲疑。

❾ 忽：盡速，趕快。與：給予。一觴酒：一杯酒。觴，古代稱酒杯為觴。

❿ 歡相持：舉着酒杯盡情歡樂。持，拿着。

【賞析】

這首詩首二句寫世間萬物盛衰榮枯皆變易不定；三、四句以邵平的顯赫與平淡相對比來說明；五、六句更以季節的寒來暑往相互交替印證之；最後四句寫自己深信此理，因此自我勸慰：趕快飲酒，盡情歡樂，忘掉這種瞬息萬變帶來的煩惱。

從三、四句顯示，詩人可能對自己的身世有所感而發。詩人曾祖陶侃（公元 259 至 334 年）曾任官至司馬，封長沙郡公，而今到他卻是一貧如洗，要「為飢所驅」而「遠遊」（為飢餓所逼而外出做官，見《飲酒》第十首），其間的興盛與衰敗的反差與邵平的由東陵侯而變為種瓜翁何其相似乃爾，人生的無常是詩人親自感受到的。

其二

【譯注】

積善云有報 ❶，	都說多多行善會有好報，
夷叔在西山 ❷。	伯夷叔齊卻餓死在西山。
善惡苟不應 ❸，	善惡之報倘若並不應驗，
何事立空言 ❹？	為什麼還要立下此空言？
九十行帶索 ❺，	榮啟期九十歲繩索為帶，
飢寒況當年 ❻。	飢寒交加情狀更勝壯年。
不賴固窮節 ❼，	如果不依賴固窮的節操，
百世當誰傳 ❽？	百世之後聲名有誰頌傳？

❶ 積善：長時間做好事。云有：都說有。

❷ 夷叔：伯夷叔齊，商朝孤竹君的兩個兒子。孤竹君以次子叔齊為繼承人，他死後，叔齊讓位，伯夷不接受，後來二人都投奔到周。周武王伐商，他們認為是不義的行為，於是叩馬諫止。商被滅後，他們恥於吃周朝的糧食，隱居在首陽山（在今山西永濟縣南，一說在河南偃師縣），採薇（一種野菜）充飢，最後餓死。詩句中的西山即首陽山。伯夷叔齊這種忠貞的行為甚得後人的讚賞。這句說伯夷叔齊這樣的好人卻要餓死，可見善有善報之說並不可靠。

❸ 苟：假如，如果。不應：不能對應。

❹ 立：立下，創立。空言：不符合事實的言論。言，指的是善惡必有相應的報應的言論。

❺ 九十：指春秋時代九十歲的隱士榮啟期。據說孔子在郕（魯國與齊國接壤的邊境）的郊野遇見榮啟期，他用一根粗繩當腰帶繞着身上的鹿皮衣，敲打着琴絃

唱歌，用粗繩當腰帶表示貧窮。古代的隱士都是志行高潔過着艱苦生活而仍然保持心境平靜的人。行：且，尚且。

❻ 況：更甚。當年：壯年。

❼ 不賴：不依賴、不堅守。固窮節：固窮的節操。固窮，安守貧困，不因為窮困而改變志向。《論語‧衛靈公》：「君子固窮，小人窮斯濫矣。」（道德高尚的人能安守貧窮，人格卑劣的人就胡作非為了。）

❽ 百世：百代，指世世代代「固窮節」的傳統。

【賞析】

　　這首詩前四句中先以第二句伯夷叔齊做善事——兄弟互讓君位，不食周粟餓死西山否定了第一句的「積善云有報」，說明所謂善惡之報必然相應之說只是一句「空言」，表現了詩人對世間充滿了不平事的憂憤之情。後四句的前二句先描述古代隱士榮啟期九十歲仍然飢寒交逼，窮困猶如當年，目的是在表彰他的安貧樂道的精神。末二句表明自己決心固窮的節操，並希望這種精神能百世流傳。

　　這首詩用三個歷史人物的具體事跡表述作者對人生的態度，其中蘊含着豐富的社會經驗，浸透了對不合理世事心意難平的情思，所以讀起來說服力與感染力兼而有之。三、四句與七、八句用反問句式，使全詩顯得靈活不呆滯。

其三

【譯注】

道喪向千載 ❶， 　　　道德淪喪已經接近千年，
人人惜其情 ❷。 　　　人人都吝惜自己的感情。
有酒不肯飲， 　　　美酒當前也不開懷暢飲，
但顧世間名。 　　　只是關心世間虛浮聲名。
所以貴我身 ❸， 　　　人們所以珍惜自己身體，
豈不在一生 ❹。 　　　豈不是因為只有這一生。
一生復能幾 ❺？ 　　　從生到死能有多長時間？
倏如流電驚 ❻。 　　　快速如電閃真令人吃驚。
鼎鼎百年內 ❼， 　　　人在擾攘的短暫一生中，
持此欲何成 ❽？ 　　　執迷虛名怎麼能有所成？

❶ 向：將近，接近。

❷ 惜其情：吝惜付出自己的感情。意謂對道德淪喪近千載一事無動於衷。

❸ 貴我身：珍視自己的身體。貴，貴重、珍貴。此處當動詞用，即珍視、珍惜。

❹ 豈不在：難道不是在於（由於、因為）。此句與上句連起來，是說人們之所以如此珍惜自己身體，乃因生命於人只有一次而已。

❺ 復能幾：又能有多少（時間），指很短暫。

❻ 倏：倏地，很快地，迅速。流電：閃動的電光。

❼ 鼎鼎：擾攘，騷亂、紛亂。百年：人的一生。

❽ 持：迷戀。此：指功名。

【賞析】

　　此詩首四句中的首二句寫大道已失去近千載，而人們對此卻無動於衷，也可以反轉過來說，由於人們麻木不仁，才有大道喪千載的現象產生，而歸根結蒂則是人們有美酒都不肯飲，卻熱衷於追求世間的虛名。後六句作者接上句指出，虛名沒什麼用，還是應該保重身體，因為生命於人只有一次，人的一生如閃電般的短促，在擾攘的人世間，讓功名羈絆，不可能有什麼成就，言外之意是不如開懷暢飲，瀟瀟灑灑過一生。

　　上首詩中，詩人主張「固窮節」，使聲名百世頌傳，這首詩卻說虛名無用，不如及時行樂。有人如此解釋陶氏的思想矛盾：「其實，這兩首是互相聯繫的。陶淵明生活在易代之際，戰亂的社會、險惡的環境使其大志『不獲展』，只得『寄酒為跡』。因此，他之所以感嘆人生短促，主張及時行樂，正是理想不能實現而產生的一種無可奈何的情緒。」（劉繼才、閔振貴：《陶淵明詩文譯釋》）可供參考。我想補充的是：人的思想不是一成不變的，而是經常處於矛盾的狀態，此時此地這麼想，彼時彼地又那麼想，乃是自然的流動。

其四

【譯注】

棲棲失群鳥 ❶，	一隻奔波不定的離群鳥，
日暮猶獨飛。	黃昏時分還獨自飛啊飛。
徘徊無定止 ❷，	飛來飛去無處可以棲息，
夜夜聲轉悲 ❸。	啼叫聲一夜比一夜傷悲。

厲響思清遠 ❹，	高聲呼喚嚮往清遠境界，
去來何依依 ❺？	來來去去為何惜別依依？
因值孤生松 ❻，	因為遇上一棵孤生松樹，
斂翮遙來歸 ❼。	把翅膀收起從遠方飛回。
勁風無榮木 ❽，	強風吹襲沒有繁茂林木，
此蔭獨不衰 ❾。	唯獨孤松樹蔭濃密不衰。
託身已得所 ❿，	既然已經得到安身之所，
千載不相違 ⓫。	那就長住下去不再背離。

❶ 棲棲：同悽悽，忙碌不安的樣子。

❷ 徘徊：在一個地方來回地走。無定止：沒有固定的居所。止，居住、棲息。

❸ 聲轉悲：聲音變得悲淒。

❹ 厲響：尖銳的聲音。清遠：清澄高遠的境界。

❺ 何依依：為什麼還要依依不捨。意為既然沒有可棲息之處，為什麼還不快離開。何依依，一作何所依，和第三句的「無定止」意同。

❻ 值：遇上，碰到。

❼ 斂翮：收起翅膀，停止飛行。翮，本指鳥羽的莖，中空透明，這裏指鳥的翅膀。

❽ 勁風：強有力的風。榮木：繁茂的樹木。這句是說由於勁風猛烈地吹襲，使得樹木凋落。

❾ 此蔭：這個樹蔭，指孤松的樹蔭。

❿ 託身：寄身。已得所：已經得到寄託身體的地方，即言已有居住之處。

⓫ 違：離開。

【賞析】

這首詩通篇以失群的鳥兒自喻,表現出他歸隱前後的心理狀態。詩中處處寫鳥兒的遭遇,實際上是處處寫自己的處境。

詩的前六句寫失群之鳥以「清遠」境界為自己思想的寄身之所,於是飛來飛去,尋尋覓覓,卻遍尋不遇,夜夜悲鳴不已。牠仍然不捨得離去;後六句寫牠終於找到了一株經得起勁風吹襲而仍然翁鬱挺立的孤松,遂斂翅遠歸,以之為寄身之所,並表示永棲於此,再不離開了。

詩中失群鳥與孤生松相遇前後情景與陶淵明辭去彭澤縣令歸田園的情景頗為相似,所以清人邱嘉穗在《東山草堂陶詩箋》中說:「陶公自彭澤解綬(辭官),真如失群之鳥,飛鳴無依,故獨退守田園,如望孤松而斂翮,託身不相違也。」

這首詩句句含意雋永,要細細咀嚼才能品出味道來。詩人寫失群之鳥思念清遠的境界,正反映了他憎惡俗世的心理,亦含有他生於亂世希望清靜安寧的情思;他讚頌不畏懼強勁的疾風吹襲的「孤生松」,是表明了自己不在惡劣環境下屈服,而堅守節操的品格;他說已經託身孤松則千載誓不相違離,正顯示了他歸隱田園的堅定志向。總之,讀的時候要去體會每一句話的絃外之音。

此詩首二句為「棲棲失群鳥,日暮猶獨飛」,末二句為「託身已得所,千載不相違」,要注意其中「失」、「得」二字的聯繫,它們前呼後應使全詩成為渾然的整體。

其五

【譯注】

結廬在人境 ❶，	蓋房居住在凡塵俗世間，
而無車馬喧 ❷。	而聽不到車馬聲音鬧喧。
問君何能爾 ❸？	問我為什麼能做到這樣？
心遠地自偏 ❹。	心遠離人境地自然僻遠。
採菊東籬下 ❺，	我在東籬之下採摘菊花，
悠然見南山 ❻。	南山在悠然間映入眼簾。
山氣日夕佳 ❼，	山中景色傍晚分外美好，
飛鳥相與還 ❽。	鳥兒成群結伴陸續飛還。
此中有真意 ❾，	這裏面蘊涵人生的真諦，
欲辨已忘言 ❿。	想要說已經無須用語言。

❶ 結廬：建造住宅。這裏引申為居住。人境：人們群居的地方。

❷ 喧：喧鬧。這句是說聽不到車馬來來往往喧鬧的聲音，說明自己與人沒有來往。

❸ 君：作者自指。爾：如此。

❹ 心遠：心離開世俗遙遠。地自偏：居住的地方自然就是很偏遠僻靜了。這句是說自己淡泊功名利祿，思想遠離凡塵俗世，所以雖然住在人間，但卻覺得是住在荒僻的地方，並無喧囂之感，外界的一切是被心境決定的。

❺ 東籬：東面的籬笆。籬，籬笆，用竹子樹枝、蘆葦等編成的圍牆或屏障。一般是環繞在房屋、場地等的周圍。

❻ 悠然：閒適自得的樣子。南山：可參看《歸園田居》五首，其三注 ❶。

❼ 山氣：山中氣象、景色。日夕：傍晚，日，太陽；夕，日斜。《詩經‧王風‧君子于役》：「日之夕矣，羊牛下來。」（太陽落山了，牧人趕着牛羊回來。）

❽ 相與：結伴。還：回巢。

❾ 此中：此時此地的情景。真意：大自然或人生的真實意趣或道理。

❿ 辨：辨別述說。忘言：忘了應該用什麼言詞來表達。語出《莊子‧齊物論》：「辯也者，有不見也。夫大道不稱，大辯不言。」（凡是爭辯，就有看不見的地方。大道是不可給以名稱的，大辯是不可言說的。）《莊子‧外物》：「言者所以在意也，得意而忘言。」（言詞是用來表達意義的，既然已得其意就不再需要言詞來表達了。）

【 賞析 】

這首詩前四句寫詩人身居喧囂人間而心遠塵世的人生態度；後六句反映詩人陶醉在大自然的懷抱裏，與之交融，並從中發現生活的真諦，享受到不是語言所能表達而且似乎亦無須表達的樂趣。

首四句的第一、二句透過事實述說儘管自己居住在紅塵萬丈的人間，但卻聽不到車馬往來的喧鬧聲；第三、四句用自問自答的方式說明這是因為「心遠地自偏」。此句詩極具哲理意味，說明了人的主觀能動作用，它可以克服客觀世界帶給自己的種種限制。還可以舉另外一個成語為例：天氣很熱，你越煩躁，越覺得奇熱難當。如果能安靜下來，情況就可能不同。所以我們常說「心靜自然涼」，由此顯示，主觀對改變和減少客觀外界對人的影響有多麼巨大。

後六句的前四句寫「心遠地自偏」之後詩人的悠閒心情，其中的第一、二句「採菊東籬下，悠然見南山」可說是中國詩歌中描述人與大自然

親密無間的契合、達到天人合一的最高境界的絕唱，不知道什麼時候才有人可以超越。這兩句妙在何處呢？需從其語言技巧及所表現的意境來觀察。

先說語言技巧。「悠然見南山」的「見」字用得十分準確、形象、生動。有的版本把它改為「望」字，蘇軾大大不以為然。他在《東坡題跋》卷二裏說：「因採菊而見山，境與意會，此句最有妙處。近歲俗本（近來流行的本子）皆作『望南山』，則此一篇神氣都索然矣。」蘇軾說改動那一個字，會使全篇詩變得神氣呆滯、索然寡味了。為什麼呢？「見南山」，寫出詩人悠然採菊時，無意間一抬頭，南山的影子不期然地映入眼簾。「望南山」，則是寫詩人有意識地眺望南山。前者中：山與人是互動的，互相擁抱的，而後者中，山完全是被動的，二者是分離的。兩相比較，「見」字才能靈活地表現詩人悠然自得的心態，殆無疑義。後來的詩人在有意或無意間常不免受此句的影響。如韋應物《答長安丞裴說》詩云：「採菊露未晞，舉頭見秋山」，李白《獨坐敬亭山》詩云：「相看兩不厭，惟有敬亭山」，辛棄疾《賀新郎》詞云：「我見青山多嫵媚，料青山見我應如是」等等。

南宋文學批評家嚴羽在《滄浪詩話》中曾經將陶淵明的「採菊東籬下，悠然見南山」與同時代著名山水詩人謝靈運（公元 385 至 433 年）的金句「池塘生春草，園柳變鳴禽」（《登池上樓》）相比較說道：「謝所以不及陶者，康樂（謝靈運晉時曾襲封康樂公，故稱謝康樂）之詩精工，淵明之詩質而自然耳。」

為什麼謝詩的精工，就不如陶詩的質樸而自然呢？近代詩人梁宗岱在他的詩論集《詩與真》中做了如下的闡述：謝詩所寫的是一個長久蟄居或臥病的詩人，一旦在薰風吹拂，草木蔓發的春日登樓，發現原來冰封的池塘已萋然碧綠。枯寂無聲的柳樹，因為枝條再榮，也招致不少的禽鳥飛鳴

其間。詩人驚喜之餘，誤以為長遍郊野的春草竟綠到池上去了，綠蔭中的嚶嚶和鳴也分辨不出是禽鳥還是柳樹本身發出來的。在這兩句詩中，詩人巧妙地用一個「生」字和一個「變」字毫不費力地把景象的變易和時節的流換同時記錄下來。巧而能出之以自然，所以清新可喜。但這畢竟是詩人眼裏的風光，如果我們細細地玩味，這兩句詩不過是兩個極精緻工巧的隱喻。詩人寫時，也許深受這和麗光景所感動，但他始終不忘記自己是一個旁觀者和欣賞者。所以我們讀它們時的感受，也僅止於賞心悅目而已。

讀陶淵明那兩句詩則感受迥異，詩人豁達閒適的襟懷，和暮色裏雍穆邈遠的南山已在猝然邂逅的剎那間聯成一片，分不出哪裏是淵明，哪裏是南山，二者已達到心凝形釋、物我兩忘的境界，它們之間微妙的關係，決不是我們的理智捉摸得出來的。所以我們讀時，也不知不覺悠然神往，任你怎樣反覆吟詠，它的意味仍是無窮而意義仍是常新的。

讀懂上述兩句詩的內涵並明瞭其表現手法，對理解陶淵明及其作品將會有莫大的幫助。

其六

【譯注】

行止千萬端 ❶，	行為舉止有千千萬萬種，
誰知非與是？	誰能知道何謂非何謂是？
是非苟相形 ❷，	如果判斷是非只憑表面，
雷同共譽毀 ❸。	只跟隨人後讚譽與詆毀。
三季多此事 ❹，	夏商周三代末常有這事，

達士似不爾 ❺。	通達的人士卻並非如此。
咄咄俗中愚 ❻，	嗟嘆世俗之中都是愚人，
且當從黃綺 ❼。	我應當仿效隱居的黃綺。

❶ 行止：行為、行動。止，舉止，指人的姿態和風度。千萬端：千萬種。端，項目，類別。

❷ 苟：馬虎，不認真。相形：看外形。從外形相互比較。

❸ 雷同：指隨聲附和，也指不該相同而相同（舊說打雷時，萬物都同時響應）。譽毀：讚美和詆毀。上下二句是說只是簡略地根據事物的外表判斷是非，而且毫無主見地跟在人後面對人或事讚譽或詆毀。二句語出《楚辭・九辯》：「世雷同而炫曜兮，何毀譽之昧昧！」意為世上人云亦云，是非不辨；評論讚美詆毀，昏亂不堪。

❹ 三季：夏商周三代的末期，指春秋戰國時代。季，一個季節或一個朝代的末尾。此事：這種事情，這類現象。指上兩句的「是非苟相形，雷同共譽毀」的現象。

❺ 達士：通達之士。通達：懂得事理。不爾：不這樣，指不隨聲附和，人云亦云。

❻ 咄咄：嘆詞，表示感慨或失意或驚異。俗中愚：世俗中愚蠢的人。

❼ 從：跟從、追隨。黃綺、夏黃公、綺里季的縮稱，這裏用來指代「商山四皓」。（商山四個年老的人），他們是東園公、綺里季、夏黃公、角里先生。秦代末年，他們為逃避秦的暴政，隱居於商山（今陝西省商縣東南），傳說西漢初，他們已經八十多歲，鬚眉雪白，漢高祖敦聘不至。這句是說應當仿效商山四皓，堅決隱居不仕。

【賞析】

　　這首詩前四句說由於人們判斷是非的標準迥異，因而世間是非混淆，善惡莫辨，黑白顛倒，譽毀雷同；後四句說上述現象，自古以來已是如此，但有遠見卓識的人決不會隨波逐流。自己面對不合理的社會現象，除了嘆息那些人的愚蠢之外，更堅決走歸隱之路。

　　詩中提到「三季多此事」，本來指的是夏、商、周三代末期，也就是春秋戰國的時代。那是一個朝秦暮楚，是非不分的時代，陶氏說「三季」，可能是以古喻今，認為當前的形勢、風氣與「三季」有相似之處。三季以後是秦，此時晉即將為劉裕所篡，均處易代之際。他在作於義熙十三年的《贈羊長史》中首句即言：「愚生三季後」，其中有「多謝綺與角，精爽今何如？」（請你多多向商山四皓致意，他們的精神如今是否還那麼爽朗）表示對避秦的四皓的深切懷念之句，正是對自己行將避宋的一種暗示。這一暗示在此首詩中得到了延續。可見此詩也表現詩人對晉宋易代之際的社會現象的看法。

其七

【譯注】

秋菊有佳色，	秋天的菊花色澤真美麗，
裛露掇其英 ❶。	採下它上面有露珠聚凝。
泛此忘憂物 ❷，	暢飲這令人忘憂的美酒，
遠我遺世情 ❸。	可以遠遠脫離世俗之情。

一觴雖獨進 ❹，	一杯在手雖然獨自飲盡，
杯盡壺自傾 ❺。	一杯又一杯杯空壺也淨。
日入群動息 ❻，	日落西山生物紛紛歇息，
歸鳥趨林鳴。	歸巢小鳥飛回林中啼鳴。
嘯傲東軒下 ❼，	我在東窗下面傲然長嘯，
聊復得此生 ❽。	暫且享受這純真的人生。

❶ 裛露：含着露珠，裛，通浥，沾濕。掇：拾取。英：花。古人採菊花用以服食，相傳食菊花或飲菊花酒（用菊花泡酒）可以長壽。屈原《離騷》：「朝飲木蘭之墜露兮，夕餐秋菊之落英」，在這裏食菊象徵潔身自好。

❷ 泛此：斟滿這杯。泛，浮泛，表示酒斟得很滿，溢出來。忘憂物：指酒。語出曹操《短歌行》：「何以解憂，唯有杜康」（怎樣解脫憂悶，只有斟酒狂飲。杜康：相傳是古代釀酒的發明人，後來用以指代酒）。

❸ 遺世情：遺棄、遺忘世俗的情思與事務。

❹ 一觴：一杯。觴，古代稱酒杯。進：進酒、喝酒。

❺ 壺自傾：傾壺而盡。「自」字與前面的杯盡相聯繫，酒一杯杯喝盡，杯裏的酒自然地隨之而盡。

❻ 群動：眾多活動着的物類。

❼ 嘯傲：不理會周圍人們的反應而長聲呼嘯。嘯，撮口發出長而清脆的聲音。指逍遙自在，不受禮俗拘束。軒，窗戶。此句形容隱士生活的自由自在。

❽ 聊：姑且、暫且。復得此生：又能過隱居的生活。詩人離開田園入仕，後又辭官歸田，故曰「復得」，「此生」即指當前的隱居生活。

【賞析】

　　在詩中，陶淵明描敘自己對着菊花自斟自酌，乾了一杯又一杯，杯空壺淨，想來詩人也醉倒了。他認為無拘無束，嘯傲山林，才算是找到人生的真諦，對於自己復歸田園感到萬分慶幸。

　　這首詩是承接第五首「採菊東籬下」而寫的。上首寫了該句後就寫見山，再寫山色的佳美、群鳥的飛翔，詩人從中發現難以表達的人生的真諦。這首則是從採菊飲菊花酒入手寫自己復得歸隱，過無拘無束生活的樂趣。

　　李白的《月下獨酌》（「花間一壺酒」）有這首詩留下的痕跡。有興趣的話不妨拿來對比着讀。由此體會陶淵明對後代詩人的影響。

其八

【譯注】

青松在東園，	一棵青松生長在東園裏，
眾草沒其姿❶。	眾多草木掩蓋它的奇姿。
凝霜殄異類❷，	嚴霜降落植物紛紛凋謝，
卓然見高枝❸。	青松挺立突現它的高枝。
連林人不覺❹，	林木成片看來很不起眼，
獨樹眾乃奇❺。	一棵獨立才能顯出特奇。
提壺掛寒柯❻，	將酒壺懸掛在寒枝上頭，
遠望時復為❼。	不時遠望當把杯飲酒時。

| 吾生夢幻間, | 我的一生猶如一場夢幻, |
| 何事紲塵羈 ❽。 | 何必被塵世之網所絆羈。 |

❶ 沒：遮掩、遮蔽。其：一作奇。

❷ 凝霜：凝結成白冰晶的霜。殄：滅絕、絕盡。異類：和青松不同類的植物，指眾草。

❸ 卓然：挺拔不群的樣子。

❹ 連林：樹林連成一片。人不覺：人們不覺得它有什麼起眼的地方。

❺ 獨樹：獨立一棵。眾乃奇：大家才感到它的奇特。

❻ 寒柯：冷天的樹枝。柯，草木的枝莖。

❼ 時復為：時時重複遠望的動作。為，指遠望的動作。此句為倒裝句，應該是「時復為遠望」。

❽ 何事：為什麼要。紲：繩索、綑綁。塵羈：被塵世的俗務所縛。羈，馬籠頭。這裏用馬籠頭比喻塵世俗務的緊緊束縛，不得自由。

【賞析】

　　此詩前六句寫被眾草遮掩其姿的青松在嚴冬凝霜季節，萬木紛紛凋落之時，才現出其傲然挺拔的雄姿，有「歲寒而後知松柏之後凋也」之意。詩中歌頌青松，實際上是比喻自己也有青松堅貞不屈的高尚情操。後四句寫詩人在松樹下飲酒，不時遠眺大自然美景，覺得人生如一場夢幻，為什麼還要受塵世羅網的束縛而不歸隱田園呢？

　　此詩採用對比的手法，把眾草遇嚴霜而枯萎與青松反而更為挺拔作對比，使青松的形象更為鮮明。詩中以眾草比喻意志薄弱，隨波逐流的芸芸眾生，以青松比喻信念堅定，不為塵俗污染的品格高尚之士。相互對比之

下，後者給人留下的印象自然較為深刻了。

這首詩與第四首詩都寫「孤松」，而且都寫它的不怕嚴寒，但在第四首中它是作為「失群鳥」的託身之所而出現的，詩的重點是「鳥」，主旨亦因鳥而發。這首詩則重點寫松，「眾草」只是為反襯青松的高大形象而寫。

其九

【譯注】

清晨聞叩門，	清晨時分聽到有人敲門，
倒裳往自開 ❶。	沒穿好衣服去把門打開。
問子為誰歟 ❷？	請問來訪者您是哪一位？
田父有好懷 ❸。	原來是老農對我很關懷。
壺漿遠見候 ❹，	提着酒壺從遠處來問候，
疑我與時乖 ❺。	懷疑我和世俗難合得來。
「襤褸茅簷下 ❻，	「穿着破衣服住在茅舍中，
未足為高棲 ❼。	這種情況不能算是隱棲。
一世皆尚同 ❽，	整個社會都在崇尚同流，
願君汩其泥 ❾。」	希望您隨流俗攪渾爛泥。」
「深感父老言 ❿，	「深深感謝父老好言勸導，
稟氣寡所諧 ⓫。	我的天性難與世人和諧。
紆轡誠可學 ⓬，	調轉車頭誠然不難學會，
違己詎非迷 ⓭！	出賣自己豈非方向失迷！
且共歡此飲，	讓我們一起乾完這杯酒，
吾駕不可回 ⓮！」	我的車駕不能改道返回！」

❶ 倒裳：形容為了忙於迎接客人，把衣裳顛倒着穿了。倒裳，把下衣當上衣穿。
古人穿的衣服，上曰衣，下曰裳。此句語出《詩經‧齊風‧東方未明》：「東方
未明，顛倒衣裳。」

❷ 子：您。對訪客的尊稱。為：是。歟：表示疑問的語氣詞，相當於「呢」。

❸ 田父：年老的農夫。好懷：懷有善意。

❹ 壺漿：壺裏裝滿了酒。漿，酒。見候：對我問候。見，放在動詞前面表示對我
怎麼樣。候，問候，慰問。

❺ 與時乖：與時代的風氣相違背。

❻ 襤褸：衣衫破爛的樣子。茅簷：茅舍的屋簷。這裏泛指簡陋的房舍。

❼ 未足為：不能夠成為。高棲：高雅的隱居。棲，隱居。古人以隱居為高雅行
為，故曰高棲。上下二句的意思是你儘管穿着破爛的衣衫，住在簡陋的茅舍，
但你都不能算是高雅的隱士。

❽ 一世：整個世界或社會。尚：崇尚。同：相同，隨聲附和。

❾ 汩其泥：攪渾爛泥。汩，同淈，攪動使之混濁。語出《楚辭‧漁父》：「世人皆
濁，何不淈其泥而揚其波？」（世上的人都混濁，你為什麼不攪渾泥淖，揚起
波瀾，使整條河流污濁不堪）漁夫對屈原說的這句話是比喻，其內在含意為：
既然世人都混濁，你為什麼不和他們同流合污呢？詩中「願君汩其泥」反漁父
的話而用之，說，希望您同流合污。

❿ 父老：一國或一鄉的長者。

⓫ 稟氣：承受於天（天生）的氣質、性格。稟，承受。寡所諧：很少和人來往。
跟人合不來，與落落寡合義同。諧，和諧、融洽。

⓬ 紆轡：調轉馬車。紆，曲折、折回。轡，駕馭馬用的籠頭韁繩等。

⓭ 違己：違背自己的意願。迷：迷失方向，作糊塗解亦可。

⓮ 回：走回頭路。

【賞析】

此詩通過清晨老農來訪的一番對話申明詩人堅持握瑾懷瑜，決不隨波逐流的崇高理念。

詩的內容與寫法頗似屈原作的《楚辭·漁父》（一說為後人思念屈原所作）。這篇賦寫屈原遭到奸臣的讒害，被楚頃襄王放逐以後，在湘江邊徘徊吟詠，當時他顏色憔悴、形容枯槁。一位漁夫問他為什麼淪落到這步田地，屈原說：「舉世皆濁我獨清，眾人皆醉我獨醒」，所以被放逐。漁父勸他要「與世推移（要跟隨世道一起變化）。世人皆濁，何不淈其泥而揚其波？眾人皆醉，何不餔其糟而歠（啜）其醨？（大家都醉了，你為什麼不乾脆連酒帶糟喝個酩酊大醉呢？）」屈原表示，他寧可投入澄清的湘水，也決不會讓自己潔白的身體被外物所玷污，後來屈原果然自沉湘水以明志。

陶淵明深受屈原高尚人格的感召，所以仿效屈原，創造了田父這個人物，亦用對話的形式表達自己堅持理想，走自己認為正確的道路，誓不回頭的決心。

詩的前四句寫清晨田父來訪，自己忙於迎接的狼狽情形，從一大早就登門以及第四句「田父有好懷」可見詩人與鄉村父老友好的程度，所以才有後面六句田父對詩人直率的問話，以及詩人斬釘截鐵的對答。有人認為了申明心志，便寫了這首寓言式的詩，「詩中的田父未必真有其人，田父也未必能說出那樣的話」。因而，陶淵明筆下的「田父」不過是屈原筆下的「漁父」一類的寓言式的人物而已。

我則認為田父可能實有其人，也可能是陶氏綜合了許多對他這樣一個有官不做的士人持懷疑態度的農夫而塑造出來。在中國這樣一個「官本位」的社會裏，讀了一肚子書，竟然有官不做，確實令人無法理解。對陶氏發出那些疑問乃是再自然不過的事。陶氏的回答並非無的放矢。

陶淵明的「吾駕不可回」也並不是說說而已。據《宋書‧隱逸傳》載：晉安帝義熙十四年（公元 418 年），陶氏被徵召為著作佐郎（掌管經籍圖書的收藏、管理事務的官），他拒絕了。為什麼拒絕，本詩作了極為明確的回答。當然不能說它是為回答此拒絕而寫，而應視為與仕途決絕的宣言。

此詩先敘事，後對話，通過對話發表議論點出主旨，敘與議之間連接自然而緊密，構思頗見心思。

其十

【譯注】

在昔曾遠遊 ❶，	過去曾因做官出外遠遊，
直至東海隅 ❷。	一直到達了東海的岸邊。
道路迥且長 ❸，	所走的道路遙遠而漫長，
風波阻中塗 ❹。	中途受到重重風波阻攔。
此行誰使然 ❺？	什麼促使我做這種遠行？
似為飢所驅 ❻。	似乎是由於飢餓的驅趕。
傾身營一飽 ❼，	用盡全身力氣謀求一飽，
少許便有餘 ❽。	我只需少量便意足心滿。
恐此非名計 ❾，	恐怕這並非求功名良策，
息駕歸閒居 ❿。	還是離開官場回歸田園。

❶ 遠遊：在遠地做官，同遊宦。陶淵明三十五、六歲時曾遠離故鄉赴江陵（今湖南省江陵縣）任職，四十歲到京口（今江蘇省鎮江市）任鎮軍參軍。

❷ 東海隅：東海邊沿地帶，指京口。京口是我國東部沿海的城市，故言東海隅。

③ 迥：遙遠。

④ 風波：颱風起浪，狂風巨浪。中塗：中途。指三十六歲時奉桓玄之命赴京都建康辦公務，然後返回江陵，途中經過潯陽，在規林為大風所阻事。見《庚子歲五月中從都還阻風於規林》。

⑤ 誰使然：誰或什麼使得我如此。

⑥ 驅：驅使、逼迫。

⑦ 傾身：傾盡全身心之力，即想盡一切辦法。營：謀求。一飽：吃一頓飽飯。

⑧ 便有餘：便有餘裕，即足夠了之意。

⑨ 非名計：不是求功名的良好計策。因為按照儒家教義，求功名不是為自己，而是為國家社稷。第六句中說為了飢餓所迫而出仕，自然是「非名計」。

⑩ 息駕：停止車駕。比喻不再入仕。

【賞析】

這首詩前四句詩人回憶往日曾經離開家園到遙遠的地方遊宦，並道出遊宦生涯的艱辛；後六句寫自己遠遊是因為家貧，不得不如此。既然自己對生活要求不多，那麼因貧而出仕未免有違儒家教義，有損名節，所以還是歸隱山林為好。

關於陶淵明出仕的原因，並非一句話可以概言之，他二十九歲時初仕，在家鄉為江州祭酒（教育官僚子弟學校的長官），似乎是為貧而仕，後來仕桓玄、仕劉裕，情形較為複雜，仕劉裕時所寫的《始作鎮軍參軍經曲阿作》說「時來苟冥會，宛轡憩通衢」（時機降臨姑且默默迎合，壓抑自己志趣走上仕途）對出仕原因說得隱約不清，再對照這首，說「遠遊」、「似為飢所驅」，既然「為飢所驅」，卻又偏在其前加一個「似」字，彷彿

另有難以明言的衷曲。仔細體味二詩含意頗為相似，因此詩人仕劉裕直至作彭澤令而歸隱的心路歷程可於此詩看出。

詩評家很欣賞此詩的五、六句，清吳瞻泰輯《陶詩彙注》中說：「『此行誰使然？』問得冷，妙。『似為飢所驅』，答得詼諧，卻妙在一『似』字，若非己所得主者。末六句一句一轉，徘徊欲絕。」充分道出詩人構思的精妙。需細心咀嚼。

<h1 style="text-align:center">其十三</h1>

【譯注】

有客常同止 ❶，	有兩個人經常住在一起，
取捨邈異境 ❷。	他們的喜好卻完全不同。
一士長獨醉，	一個整天飲酒酩酊大醉，
一夫終年醒。	另一人終年都十分清醒。
醒醉還相笑 ❸，	清醒者醉酒者互相談笑，
發言各不領 ❹。	說起話來各自不得要領。
規規一何愚 ❺，	拘板的醒者多麼的愚蠢，
兀傲差若穎 ❻。	脫俗的醉者似乎較聰明。
寄言酣中客 ❼，	請告訴酒酣耳熱的酒徒，
日沒燭當秉 ❽。	日落秉燭夜飲才能盡興。

❶ 止：居住、棲息。

❷ 取捨：要或不要，選擇。這裏指喜好、志趣等。邈異境：相距遙遠，如處兩個地方。

❸ 還相笑：還能互相談笑，即表面上還能和諧相處。

❹ 各不領：互相不能領會。領，領會、理解。這句是說由於喜好、志趣不同，所以無法溝通。

❺ 規規：形容醒者的行為，循規蹈矩。拘謹呆板。一何：多麼。

❻ 兀傲：形容醒者的行為，倔強不隨俗。差若穎：比較聰明。差，比較；若，似乎；穎，聰明。

❼ 寄言：傳話。酣中客：指那些嗜酒的醉士。

❽ 燭當秉：應當手執蠟燭（夜飲），這幾個字倒裝了，應為「當秉燭」。語出《古詩十九首》：「畫短苦夜長，何不秉燭遊」。這句是說日落之後，應當效古人秉燭夜遊，宴飲不休，有人生苦短，應及時行樂的意思。

【賞析】

在陶淵明的作品中，這首詩別具一格，它以輕鬆的筆調，嬉笑怒罵的方式，對「醉者」和「醒者」做了一番評價，表現了嚴肅的人生態度。

一般人均認為人應該清醒，醒者才是有智慧的賢者，醉者自然是糊塗的蠢人。《楚辭·漁父》中，屈原對漁父說「眾人皆醉我獨醒」的「醉」與「醒」就是這麼分辨的。

但在此詩中陶淵明對醉與醒卻注入相反的含意。醒者受世俗的束縛，變得拘泥而無所作為；蠢不可及，反而是醉者，目無人間禮法，孤傲獨立，為所欲為，比起前者，似乎更為清醒，也聰明得多。這種寫法使人想起《列子》中的「愚公移山」：愚公乃智者，智叟反而是愚者。一切均在辯證地互相轉化之中。

其十四

【譯注】

故人賞我趣 ❶，　　　　　老朋友很欣賞我的雅趣，
挈壺相與至 ❷。　　　　　提着一壺壺酒沓來紛至。
班荊坐松下 ❸，　　　　　鋪好荊條坐在松樹底下，
數斟已復醉 ❹。　　　　　才喝幾杯就已酩酊大醉。
父老雜亂言 ❺，　　　　　父老你一言我一語地説，
觴酌失行次 ❻。　　　　　進酒也失去排輩的序次。
不覺知有我，　　　　　迷迷糊糊不知我的存在，
安知物為貴。　　　　　又怎麼知道外物很珍貴。
悠悠迷所留 ❼，　　　　　悠悠忽忽忘了自己所在，
酒中有深味。　　　　　須知酒中方有深永意味。

❶ 趣：志趣、趣味。

❷ 挈：提，舉。

❸ 班：鋪開。荊：荊條。荊是落葉灌木，枝條柔韌可用來編製筐籃、籬笆、坐席等。

❹ 數斟：數次斟酒，即倒幾杯酒。復：語助詞，無義。

❺ 父老：鄉村中的長者。雜亂言：沒有次序紛紛發言。

❻ 觴酌：勸酒，酒席上勸人喝酒。失行次：不按輩數大小的順序。行次，排列的次序。這句是寫醉後失態的情狀。

❼ 悠悠：悠悠忽忽，形容醉酒後精神恍惚的樣子。迷：迷失。所留：所停留之處，這句是說自己喝醉了，恍恍惚惚，不知身在何處。此句與下句連起來是說，只有飲酒醉後，才能在醺醺然之中擺脫塵世的束縛，體會到物我兩忘的深長雋永的人生境界。

【賞析】

　　這首詩中陶淵明將飲酒的樂趣描述得淋漓盡致。

　　詩的前四句敘寫鄉村父老與他志趣相投，紛紛攜酒前來，他們就鋪開荊條在松樹下狂飲；後六句描述飲得酩酊大醉的樂趣。首先是可以打破清醒時繁文縟禮的束縛，講話可以七嘴八舌，你一言我一語，不必謙讓；勸酒也可以不必按照行輩順序，真是無拘無束，各適所適，得其所哉；更重要的是喝醉之後，可以忘掉自己和世界的存在，達到物我兩忘的境界，於是人得到徹底的大解脫，而這正是詩的末句所說的「酒中深味」了。

其十六

【譯注】

少年罕人事 ❶，	少年時期很少與人交際，
游好在六經 ❷。	閱讀愛好只在儒家六經。
行行向不惑 ❸，	時光流轉接近四十歲了，
淹留遂無成 ❹。	事業停滯不前一無所成。
竟抱固窮節 ❺，	始終懷抱君子固窮節操，
飢寒飽所更 ❻。	飽受人間的飢餓與寒冷。
敝廬交悲風 ❼，	北風吹襲着破爛的茅廬，
荒草沒前庭 ❽。	野草掩沒了荒涼的前庭。
披褐守長夜 ❾，	披上粗衣守候漫漫長夜，
晨雞不肯鳴 ❿。	連報曉的公雞都不啼鳴。

孟公不在茲 ⓫，　　　　　　　當今沒有孟龔那樣知音，

終以翳吾情 ⓬。　　　　　　　只有深深隱藏我的衷情。

❶ 罕：少。人事：人際交往。

❷ 游：游目，隨意觀覽。好：愛好。六經：指《詩》、《書》、《禮》、《樂》、《易》、
《春秋》六部儒家經典著作。

❸ 行行：指時光不停行進。向：靠近。不惑：不惑之年，指四十歲。語出《論
語·為政》：「子曰：『吾十有五而志於學，三十而立，四十而不惑。』」（孔子
說：我十五歲時有志向學，三十歲時能堅定志向，而有所建樹，四十歲能通達
事理，而沒有什麼疑惑了。）這句是說時光荏苒，自己已接近四十歲了。

❹ 淹留：停留、久留，指事業停滯不前。語出《楚辭·九辯》：「時亹亹而過中
兮，蹇淹留而無成。」（時光不停流逝，已過中年，久留在外卻毫無成就。）

❺ 竟抱：最終懷抱着。固窮節：固守貧窮的節操，見《癸卯歲十二月中作與從弟
敬遠》注 ⓯。這句說自己最後還是懷抱「君子固窮」的節操歸隱田園。

❻ 飽：足、多。更：經歷。此句是說受盡了飢寒的折磨，極言隱居生活的困苦。

❼ 敝廬：破爛的房屋。敝，破爛。悲風：淒厲的寒風。交：遭到……吹襲。

❽ 沒：掩沒，覆蓋。上下二句極言居所的破敗情狀。

❾ 披：覆蓋或搭在肩背上；穿。褐：古代窮人穿的粗布衣服。

❿ 晨雞：報曉的公雞，上下二句是說由於飢寒交迫無法入眠，因此披衣起牀，等
待天明，但晨雞不肯鳴啼報曉，益覺夜晚的漫長難熬。

⓫ 孟公：指東漢人劉龔，字孟公，晉皇甫謐《高士傳》載：與劉龔同時有一個人
叫張仲蔚，知識淵博，善於寫文章，喜愛詩賦，家境貧窮，住處蓬蒿長得高可
沒人。但是他閉門養性，不求功名，因此默默無聞，沒有人注意，只有劉龔賞
識他，此句以張仲蔚比喻自己的處境。空有才華，無人賞識，所以他發出孟公
不在此的感嘆。

⓬ 翳：遮蔽不讓人看見。

【賞析】

　　這首詩是陶淵明經過十多年的歸隱生活後，回顧往事，俯視當前貧困處境，感慨萬千之語。

　　詩的首二句寫少年時代對世俗的人際關係，不感興趣，而是埋頭苦讀儒家治理國家的經典——六經，以期日後功業有成。三、四句寫理想不能實現，到了四十歲事業仍停滯不前，內心苦悶，自不待言。五、六句寫自己雖然飽經飢餓寒冷，但並沒有因此喪失節操。七、八句描述窮困的具體情景：房屋破舊，四處透風，寒氣襲人；庭院荒蕪、雜草叢生。九、十句寫在此種境遇中自己的心態，環顧左右，瞻望前程，長夜漫漫，不能入寐。遂披衣等待天明，怎奈晨雞也遲遲不肯報曉，讓自己承受更長的煎熬。最後兩句，詩人慨嘆世上沒有知音得以訴說衷情，只好把話吞在肚裏，默默終此一生。

　　這首詩結構上頗有特色。首二句寫少年躊躇滿志。三、四句一轉寫志向破滅，跌宕有致。五、六句總寫困苦，後面四句一方面從居住環境具體描繪，另一方面從內心細緻刻劃。這四句是描述窮困的名句，首先是，它能通過具有特徵性的細節：漏風的破屋，滿院的荒草，寒冷無法入眠，只好披衣守夜，埋怨雞都與他作對，不肯報曉（此句最具獨創性）。其次是這麼曲折的內容，詩人卻能以不加修飾的句子不着痕跡地脫口而出，這無形中予人以真實的感覺。在寫了物質上的匱乏所受的折磨之後，末二句更進一步寫了無人理解自己的精神上的折磨。這樣層層深入敘寫，淋漓盡致地表現了詩人鬱結在心中難以承擔的痛苦。

其十七

【譯注】

幽蘭生前庭 ❶ ，	幽蘭生長在前面的庭院，
含薰待清風 ❷ 。	含着清香等待清風吹送。
清風脫然至 ❸ ，	清風自由自在徐徐吹來，
見別蕭艾中 ❹ 。	就能識別它於雜草叢中。
行行失故路 ❺ ，	走啊走啊迷失歸去的路，
任道或能通 ❻ 。	順應自然大道或能走通。
覺悟當念還 ❼ ，	一旦醒悟就該還鄉隱居，
鳥盡廢良弓 ❽ 。	飛鳥打盡良弓就會廢除。

❶ 幽蘭：生長在幽僻地方的蘭花。古人用蘭花比喻君子，詩中作者以蘭花自喻。

❷ 薰：一種香草，也泛指花草的香氣。待清風：等待清風把香氣遠播。

❸ 脫然：輕鬆舒坦的樣子。

❹ 見別：被識別、區別。見，放在動詞前面表示被動。蕭艾：都是蒿類野生植物。這裏指未經修整的雜草。

❺ 行行：走了又走，不停地走。失：失去，離開。故路：原來走的道路，即隱居不仕。此句言自己離開原來的道路，走上仕途。

❻ 任道：順應自然之道，即孔子在《論語·泰伯》中所說的「天下有道則見，無道則隱」（社會政治清明的時候就出來從政，昏暗時則隱遁不仕）。或能通：也許可以走得通。

❼ 當念還：應當想到回到舊路（歸隱）上去。

❽ 鳥盡廢良弓：鳥已經射盡，好的弓箭也沒有用，可以廢除了。此句出自《史記·淮陰侯列傳》：韓信（輔佐漢高祖劉邦打江山的開國元勳，漢朝建國後，

為劉邦所殺）被縛，曰：「果若人言，狡兔死，良狗亨（烹）；高鳥盡，良弓藏；敵國破，謀臣亡。天下已定，我固當亨。」（意為果然若諺語所說，狡點的兔子死了，捉拿兔子的好狗也就宰殺吃了；高飛的鳥兒射盡了，能射下鳥兒的好弓也就收藏起來了。敵國被消滅了，為打敗敵國的臣子也就面臨死亡的命運了。現在天下已定，我當然應當被殺害）被劉邦殺害的功臣除了韓信，還有彭越、陳豨等人。句中的「鳥」比喻與當權者敵對的人，「良弓」比喻為當權者屠殺敵人、立下汗馬功勞的臣子。這句和上句連起來是說，醒悟的人應當考慮歸隱，因為當權者屠殺完敵人之後，屠刀就會轉向曾為他們出過力的謀臣。

【賞析】

本詩前四句以「幽蘭」比喻自己，蕭艾比喻小人，首二句是說自己像幽蘭，具有內在的美，希望有清風把自己內含的芬芳傳播出去，寓有冀盼有人賞識予以推薦，後二句是說，清風未吹到時，幽蘭與雜草混雜在一起，良莠難辨；等清風徐徐吹來時，幽蘭沁人心脾的香氣馬上把它與雜草區別開來。在這裏，清風是指能賞識自己的賢明的君主，詩人等待這類君主的出現，使自己得以施展抱負。但「清風」並未吹來，才能被埋沒。五、六二句是寫自己發現前此離開田園走上仕途是迷失了方向，因為當時天下無道，賢明的君主根本不存在，自己應當順應自然之道，像孔子所教導的那樣，「天下有道則見，無道則隱」。這是從「道」的角度說明自己歸隱的理由。最後二句則更從「鳥盡廢良弓」這血腥的歷史教訓道出歸隱的另一種因由，表示自己的大徹大悟。仕途險惡，尤其當此晉宋易代之際，「覺悟當念還」，出世之心是相當堅決的。

有學者認為最後二句是勸誡忘年之交顏延之（他比陶氏小十九歲），

顏氏在義熙十二年（公元 416 年）八月（或稍後）曾赴建康任劉裕世子義符的中軍參軍，在此之前顏與陶的交往至少有一年以上。《飲酒》前面的小序中的「聊命故人書之」的「故人」可能係指顏延之。第一首中的「忽與一觴酒，日夕歡相持」，亦與顏有關。顏性格方正，多次觸怒權貴。陶鑒於「鳥盡廢良弓」的形勢，勸顏急流勇退，從關心老朋友的角度看，也十分合理。實際上，當時就有劉裕殘殺曾經協助他平定桓玄篡位的戰爭中居功至偉的劉毅、諸葛長民之舉。據《宋書·武帝紀》載：「劉毅既誅，長民謂所親曰『昔年醢（古代一種酷刑，把人剁為肉醬）彭越，今年誅韓信、禍其至矣。』」諸葛長民也用劉邦的典故，說明劉毅被殺後自己的險惡處境。作為當時人的陶淵明來說，他對眼前政治形勢的嚴峻性以及政治鬥爭的殘酷性，有着十分深刻的體會。

這首詩前四句使用比興手法，歌詠幽蘭，抒發情懷；後四句直接表述心志，前後銜接得很自然，不露痕跡。

其十九

【譯注】

疇昔苦長飢❶，	過去苦於長期捱餓受飢，
投耒去學仕❷。	放下農具去求一官半職。
將養不得節❸，	養活一家人辦法不適宜，
凍餒固纏己❹。	飢餓不斷地纏繞着自己。
是時向立年❺，	那時我的年齡已近三十，
志意多所恥❻。	心裏覺得這樣做很可恥。
遂盡介然份❼，	於是為盡到耿介的本份，

拂衣歸田里 ❽。	拂拭衣上塵土歸返故里。
冉冉星氣流 ❾，	星轉斗移時光不停流徙，
亭亭復一紀 ❿。	漫長的十二年又已消逝。
世路廓悠悠 ⓫，	人世道路空曠遙遠無際，
楊朱所以止 ⓬。	故此楊朱在歧路上停止。
雖無揮金事 ⓭，	雖無揮金宴請賓客之事，
濁酒聊可恃 ⓮。	一杯濁酒亦可聊以自娛。

❶ 疇昔：以前，往昔。

❷ 投：扔掉。耒：耒耜，古代一種像犁的農具，也用做農具的統稱。投耒：即拋棄農耕之意。學仕：學做官。仕，舊指做官。這裏學仕是說出仕，即出任官職。

❸ 將養：養活（家人）。不得節：調節不當。此句是說維持家計沒有辦法。

❹ 餒：飢餓。固纏己：牢固地糾纏折磨着自己，擺脫不開。

❺ 向：將近，接近。立年：而立之年。《論語·為政》：「三十而立」，是說年至三十，學有所成。後來用「而立」指人三十歲。向立年，即近三十歲。陶淵明二十九歲出仕為江州祭酒。三十是指其成數。

❻ 志意：心裏覺得。

❼ 介然份：耿介的本份。介然，耿直不妥協的樣子。

❽ 拂衣：揮掉做官時沾附在衣服上的塵土，因為詩人認為官場烏煙瘴氣，污濁不堪，所以離開時要清除掉。拂衣，一做終死。意為決心不再做官老死田里。田里：田園；故里、故鄉。

❾ 冉冉：漸漸。星氣流：星宿節氣流動變化，指時光的流逝。

❿ 亭亭：久遠的樣子。復一紀：又過了一紀。紀，是古時記年代的單位，十二年為一紀。

⓫ 廓：廣闊。悠悠：遙遠。

⓬ 楊朱：亦稱楊子。戰國時期哲學家。據說他曾見歧路而哭，因為站在歧路上可以向南走，也可以向北走，難以把握正確的方向。止：停步不前。

⓭ 揮金事：揮霍金錢宴請賓客之事。漢宣帝（公元前 74 至前 48 年）時，疏廣、疏受分別為太子太傅、太子少傅（均是輔導太子的官員）。疏廣對疏受說，「吾聞知足不辱，知止不殆，功遂身退，天之道也」（我聽說知道滿足不會受辱，知道止步不會有危險，功成身退，是自然的道理）。於是辭官歸故里，皇帝和太子都賞賜黃金。到家後，用這些黃金天天設宴請族人故舊賓客，共同消遣娛樂，並不為子孫置產業，因為怕他們驕怠招禍。

⓮ 聊可：姑且可以。恃：依賴它（娛樂自己）。

【賞析】

　　這首詩透過詩人追述自己以往由於生活困苦不得不出仕，後來又以為做官可恥而歸田里的歷程，表達了他在「仕」與「隱」之間掙扎的內心活動，以及最後堅決永遠歸隱的抉擇。從最後一句話可以看出，歸隱之後，詩人的內心並不平靜，他還要靠濁酒慰藉寂寞的心靈，這是因為他不能忘懷世事。

　　詩是按照時間順序來寫的，首二句說自己當初由於為長飢所苦，棄農學仕；三、四句寫由於維持生計不得其法，仍為飢寒所迫；五至八句寫後悔學仕，堅決歸田；最後六句寫經過一紀的人生體驗，深深感到世路不但廣闊渺遠而且多歧。孰是孰非，很難把握，自己應該審慎選擇未來的道路。二疏知足知止，辭官歸田里正與詩人的志趣合拍。辭官歸田之後，家境自然貧困一如往昔，更不能像二疏揮金設置酒肉與鄉里共歡，但粗茶淡飯，一杯濁酒在手，顧影獨盡，也自有一番樂趣。

此詩直抒胸臆，詩句不加修飾，其中用了兩個典故，也為當時人們所熟知，而且用得自然貼切，是用典的上乘之作。

其二十

【譯注】

羲農去我久 ❶，	伏羲神農年代離我悠久，
舉世少復真 ❷。	世上已經很少再有純真。
汲汲魯中叟，	馬不停蹄去追求的孔丘，
彌縫使其淳 ❸。	縫補崩壞風氣使其正淳。
鳳鳥雖不至 ❹，	太平盛世雖然沒有來臨，
禮樂暫得新 ❺。	禮樂面貌暫得煥然一新。
洙泗輟微響 ❻，	精深的言論已經成絕響，
漂流逮狂秦 ❼。	時光如逝水流到了狂秦。
詩書復何罪 ❽，	詩書究竟犯了什麼大罪，
一朝成灰塵 ❾。	一日之間就燒成了灰塵。
區區諸老翁 ❿，	勤懇而謹慎的那些老翁，
為事誠殷勤 ⓫。	傳授儒學十分熱情勤奮。
如何絕世下 ⓬，	為什麼漢朝滅亡了以後，
六籍無一親 ⓭。	六經卻沒有一個人親近。
終日馳車走 ⓮，	世人整日為名利而奔走，
不見所問津 ⓯？	見不到孔子的學生問津？
若復不快飲 ⓰，	倘若再不痛快地把酒飲，
空負頭上巾 ⓱。	就白白辜負頭上的儒巾。

但恨多謬誤 ⓲，	只恨言行中有許多謬誤，
君當恕醉人 ⓳。	你應當原諒我這個醉人。

❶ 義農：伏羲氏、神農氏，傳說中上古使國家太平安定的帝王。去：離開。

❷ 舉世：整個世界。真：真純淳樸的社會風氣。

❸ 汲汲：形容心情急切，努力追求。魯中叟：即孔子，因為孔子是魯國人，故稱「魯中叟」。彌縫：彌補縫合（使之恢復原狀）。淳：淳樸，誠實樸素。這兩句是說孔子目睹春秋戰國之際，天下大亂，政治敗壞，世風日下，憂心如焚，遂不辭艱辛，周遊列國，倡行仁政，企圖使頹敗的社會風氣得以挽救，崩壞了的社會秩序能夠彌合，一切恢復上古伏羲神農時代的淳樸真純。

❹ 鳳鳥：鳳凰，古人認為鳳凰象徵祥瑞，鳳凰出現，預示有英明君主降世，天下大治，太平盛世來臨。鳳鳥不至，說明當時是亂世。孔子曾經感嘆「鳳鳥不至，河不出圖，吾已矣！」（鳳鳥不來，黃河不出現八卦圖，我的社會理想無法實現了。）

❺ 禮樂：維護社會秩序的禮儀和音樂。相傳禮樂是西周初年政治家周公姬旦（周武王的弟弟）制訂的，到了春秋末葉，禮樂崩壞，經過孔子的一番努力，禮樂才得以新面貌呈現於世。

❻ 洙泗：洙水和泗水。魯國首都曲阜（今山東省曲阜市）北部兩條河流名，是孔子聚徒講學的地方。輟：停止。微響：即微言大義（精微的語言和深奧的道理）。這句是說孔子死後再也聽不到精微的言論和含義深奧的道理了。

❼ 漂流：河水漂移流動，比喻時光不停的逝去。逮：到、及。狂秦：狂暴的秦朝。

❽ 詩書：《詩經》、《尚書》等儒家經典著述。

❾ 一朝：一旦，一天之間，形容時間很短。成灰塵：被燒成灰塵。這句指秦始皇焚書事。公元前213年，秦始皇採納丞相李斯的建議，下令焚燒《秦紀》以外的列國史籍，對不屬於博士官（職掌通曉古今，為備皇帝顧問和主管地圖、

戶籍的官員）的私藏《詩》、《書》等也限期繳出焚毀，有敢談論《詩》、《書》的處死。

⑩ 區區：勤懇謹慎的樣子。諸老翁：各位老翁，指西漢初年儒學大師伏生、申培公、轅固生、韓嬰等人，他們在漢朝建立之後，從隱居的地方出來講授儒家的經典。那時，他們都已八、九十歲（伏生已九十六歲），故稱「諸老翁」。

⑪ 為事：指傳授六經這件事。殷勤：誠懇而周到。

⑫ 絕世：朝代斷絕，指漢朝滅亡。絕世下：漢朝滅亡之後的魏晉時代。

⑬ 六籍：即六經，儒家的六部經典：《詩》、《書》、《禮》、《樂》、《易》、《春秋》。無一親：沒有一個人親近它，即備受世人冷落。

⑭ 馳車走：趕着車馬，為追逐名利而奔走。

⑮ 問津：問路。津，渡口。據《論語·微子》載：長沮、桀溺二位隱士在田裏耕作，孔子周遊列國，路過那裏，讓學生子路前去問他們渡口的所在。這兩句是說世上的人只知道整日追逐名利，而不見像孔子那樣探求治世之道的人。作者以長沮、桀溺自比。

⑯ 若復：倘若再。

⑰ 巾：儒巾，古代讀書人頭上戴的方形頭巾。亦稱方巾。《宋書·隱逸傳》載：陶淵明曾經取下葛巾（一種絲織品製的方巾）濾酒，濾過之後又戴上。

⑱ 但：只。謬誤：言行的差錯。

⑲ 君：對人的尊稱，這裏指世俗的人們。

【賞析】

這首是組詩的終結篇。

我們可以把它分兩個部分來欣賞，前十六句為第一部分。首先寫伏羲

神農時代離我遠去，上古真純的風氣舉世不再有；後來由於孔子的汲汲追求，力挽狂瀾，使崩壞的世風得以彌補，重現正淳，禮樂的面貌暫時得以煥然一新。但是孔子死後，儒家精妙的言論中輟，到了狂暴的秦朝，詩書被焚毀，一天之間成了灰塵；所幸仍有一些精通儒學的大師，雖然年屆耄耋，卻不憚辛勞，傳授六經，使儒學得以發揚光大；可惜漢亡之後，儒學衰微，儒家制訂的行為準則無人問津，人們只知為功名利祿而終日奔馳。最後四句為第二部分，寫詩人面對日益墮落的世風，不甘同流合污，只有飲酒以消解苦悶，發洩愁緒。最後二句，不但對本詩，而且是對整組詩而言，它向讀者申明詩中對時事時人的負面評論可能有錯誤，那不過是醉人醉語，不必認真對待，此乃是為避免文禍而掩飾之詞。

這首詩的結構有層次，亦靈活，正敘和倒敘的配合得當，由今（首二句）而古（三至十二句），然後再順着時代，逐步過渡到當前，直至詩人生活的現實，脈絡相當分明。又詩句能做到前後呼應，例如首二句「羲農去我久，舉世少復真」，未道出「少復真」的具體內容，這在後面十三至十六句中的「如何絕世下，六籍無一親。終日馳車走，不見所問津？」予以充實。又前十六句所述給最後詩人的感嘆打下基礎，使這一感嘆顯得合理。

詩人旨在譏諷世風日下，人們只知終日追逐名利，為了加強諷刺的力量，使用了對比的寫作手法。最突出的是將眼下「終日馳車走，不見所問津」的人與「汲汲魯中叟」、「區區諸老翁」相對照，其中所呈現的愛憎色彩是如此強烈，富感染力。

詩中用詞十分準確，用「汲汲」形容孔子為實現以仁為中心的政治主張，不辭辛勞，周遊列國，游說各國君主，希望他們採納的急切心情；用「區區」、「殷勤」形容伏生等諸老翁為了傳授儒家經典的謹慎、誠懇、認真的態度。另外，句式的運用也相當靈活，適合表達詩人的情思，使之更

具色彩。如為表現對秦始皇焚書的憎恨，採用反問句「詩書復何罪，一朝成灰塵」。如果改成「詩書本無罪，一朝成灰塵」的敘述句，就顯得平淡無奇了。又如「如何絕世下，六籍無一親。終日馳車走，不見所問津？」用疑問句形式表現自己對當前社會上人們見利忘義的不滿，以及世風竟然會如此墮落的疑惑，若把「如何」去掉，變為肯定句，則感情色彩蕩然無存了。

陶詩頗多議論，議論可以說服人，難以打動人，陶詩的議論常浸濡着濃厚的感情，所以能引起人們的共鳴。本詩亦不例外。

擬古（九首選一）

【題解】

　　這組詩共九首，可能寫於南朝宋武帝永初元年（公元 420 年）詩人五十六歲前後。從末首「種桑長江邊，三年望當採；枝條始欲茂，忽值山河改」之句，可以看出詩的時代背景是「忽值山河改」（忽然遇到晉宋易代山河更改）之際。詩人對世事的多變，感慨良多，但迫於政治形勢，又不便直言，所以用「擬古」為題，隱晦曲折地表述出來。

　　擬古：模擬古詩體例而作。古詩，南北朝時稱漢魏無名氏的詩為古詩，如《古詩十九首》，這首詩表面上是擬古，實際上是抒寫自己懷抱，絕無模擬的痕跡。內容多為悼國傷時，追慕氣節，記物言志之作。所選這首就是為抒發自己的遠大志向而寫。

　　這裏選的是第八首。

【譯注】

少時壯且厲 ❶，	少年雄心壯志勇猛無比，
撫劍獨行遊 ❷。	佩着寶劍獨自出去周遊。
誰言行遊近，	誰說我遊歷的地方很近，
張掖至幽州 ❸。	從張掖又轉而遊歷幽州。
飢食首陽薇 ❹，	肚餓吃首陽山上的野菜，
渴飲易水流 ❺。	口渴飲幽州易水的清流。
不見相知人 ❻，	抬頭見不到知心的朋友，
惟見古時丘。	只見到古時留下的土丘。
路邊兩高墳，	路旁有兩座高高的墳墓，
伯牙與莊周 ❼。	其中葬的是伯牙與莊周。
此士難再得 ❽，	這類知心人不易再得到，
吾行欲何求 ❾？	我遠遊在外又有何所求？

❶ 厲：猛烈。

❷ 撫劍：劍佩在腰間，輕輕地按着。

❸ 張掖：郡名，在今甘肅省永昌縣以西，高台縣以東地區。幽州：州名，今河北省北部及遼寧省一帶。

❹ 首陽薇：這裏用伯夷叔齊的故事。他們是商朝末年孤竹君的兒子，反對周武王討伐商朝。武王滅商後，他們恥食周粟，逃避到首陽山（在今山西省永濟縣西），採薇（一種野菜）而食，終於餓死。這句暗示自己在晉亡之後，恥作宋朝的官。有亡國之恨。

❺ 易水：水名，在河北省西部，源出易縣境。戰國時是燕國的南界。戰國末年，燕太子丹派俠客荊軻入秦去刺秦王政（即秦始皇），太子丹和眾門客都穿素衣在易水邊為荊軻送行，荊軻慷慨悲歌。歌曰：「風蕭蕭兮易水寒，壯士一去兮

不復還！」表示不成功便成仁的決心，此句表露自己仰慕荊軻的俠義行為，暗寓當今無志士為國復仇的慨嘆。

❻ 相知人：彼此互相瞭解的人。

❼ 伯牙：春秋時楚國人，琴藝高超，與鍾子期友好。鍾子期通曉音樂，伯牙每鼓琴，子期都能聽出琴音蘊含的心意。後來子期死，伯牙絕絃破琴，從此不再彈了，因為世上沒有知音。莊周：即莊子（約公元前 369 至前 286 年），戰國思想家，屬道家學派。善辯。他和名家學派的思想家惠施（約公元前 370 至前 310 年）是知心朋友。二人經常辯論學術問題。惠施死後，莊子說：「自夫子（惠施）之死也，吾無以為質矣，吾無與言之矣。」意為惠施死後，他失去了議論的對手，沒有說話的對象了。

❽ 此士：這類知心人士。指伯牙與鍾子期，莊周與惠施。

❾ 欲何求：還有什麼可要求的呢。意為不必再有所要求了。

【賞析】

　　此詩假記自己年輕時有雄心壯志、意氣風發，撫劍遠遊邊疆，以圖報效國家，可惜知己難尋，復國無望。極目看去，只見古時荒丘。詩人想像路旁有伯牙與莊周的墳墓。伯牙有鍾子期，莊周有惠施為知己，而自己卻孤子一身，不知知己何在。最後兩句表現詩人的絕望情緒，既然知己難得，那就不必再有所要求了。

　　詩從開端的意氣風發到末尾的絕望哀鳴，對比非常鮮明。中間的轉折很自然，合乎邏輯。詩很短，卻能夠勾勒詩人悲劇的一生。

述酒

【題解】

　　這是一首意旨隱晦難以索解的詩，在陶淵明作品中是十分獨特的一篇，乃是被其內容所決定的。

　　此詩寫於南朝宋武帝永初二年（公元 421 年），作者五十七歲。頭一年六月，已經獨攬大權的劉裕篡晉，即皇帝位，改國號為宋。東晉末代皇帝晉恭帝被廢為零陵王。但劉裕仍然不讓他忍辱苟活，必欲置之死地而後快。永初二年，劉裕令張禕以毒酒酖害恭帝。禕自飲而死。又派士兵越牆進藥酒，恭帝拒飲，遂用棉被悶殺之，手段的殘酷令人髮指。晉恭帝即位時，大臣都希望他能擺脫劉裕的控制，中興晉室。世代受晉室恩惠的陶淵明自然不例外（參看《飲酒》二十首的「題解」）。因此他對晉王朝的顛覆，晉恭帝的慘死，悲憤難當，遂寫下此首充滿激情的詩篇。

　　東晉末代兩個皇帝晉安帝和晉恭帝的死均與酒有關，恭帝的死已如上

述。義熙十四年（公元 419 年）其兄安帝的死也是劉裕先令人進毒酒不遂爾後縊死的。這首詩以「述酒」命名的用意是相當明顯的。

由於此詩內容是揭露劉裕篡晉殺帝的殘暴血腥罪行，為了躲避文網，免遭禍害，作者不得不寫得隱晦曲折。因而面世之後，長時間無人知曉其蘊含。北宋著名詩人黃庭堅（公元 1045 至 1105 年）云：「似是讀異書所作，其中多不可解。」自從南宋湯漢（約生於公元十二世紀末至十三世紀中）在《陶靖節詩集注》中將此詩解釋成為哀悼晉恭帝的慘死而寫的詩之後，再經過歷代學者不斷地探索闡述，詩意才逐漸明朗。

在宗法社會裏，篡位弒君是十分重大的政治事件。一般而言，陶詩對政治是抱冷漠態度的，因而這首詩從形式到內容，在陶淵明的作品中都是一個特殊的存在。所以魯迅在《魏晉風度及文章與藥及酒之關係》一文中說：「陶集裏有《述酒》一篇，是說當時政治的。這樣看來，可見他於世事也並沒有遺忘和冷淡。」

作者自注詩題云：「儀狄造，杜康潤色之。」意為酒是儀狄釀造的，杜康後來予以加工提高，使之味道更為醇厚。按：儀狄、杜康都是傳說中的古代善於釀酒的人。

【譯注】

重離照南陸 ❶，	重黎光芒照耀南方陸地，
鳴鳥聲相聞 ❷。	高岡鳳鳥鳴叫之聲相聞。
秋草雖未黃，	秋季青草雖然尚未枯黃，
融風久已分 ❸。	春日和風卻是已經消沉。
素礫皛修渚 ❹，	白色小石頭在長洲閃亮，

南嶽無餘雲 ❺。	南嶽頂巔不見紫色祥雲。
豫章抗高門 ❻，	豫章公與皋門分庭抗禮，
重華固靈墳 ❼。	虞舜帝命絕只剩一座墳。
流淚抱中嘆 ❽，	愁緒滿懷悲嘆淚下漣漣，
傾耳聽司晨 ❾。	傾聞細聽雄雞喔喔鳴晨。
神州獻嘉粟 ❿，	神州大地紛紛獻出嘉禾，
西靈為我馴 ⓫；	麟鳳龜龍四靈為我所馴；
諸梁董師旅 ⓬，	沈諸梁統帥軍隊去攻伐，
芊勝喪其身 ⓭。	白公勝戰敗後終於自刎。
山陽歸下國 ⓮，	漢獻帝被廢黜貶為諸侯，
成名猶不勤 ⓯。	讓位後曹丕並未去慰問。
卜生善斯牧 ⓰，	卜式善於剪除異己力量，
安樂不為君 ⓱。	眾舊臣求安樂不忠故君。
平王去舊京 ⓲，	周平王離舊京遷到洛邑，
峽中納遺薰 ⓳。	中原一帶已被胡人侵吞。
雙陽甫云育 ⓴，	想起當初雙陽剛剛生育，
三趾顯奇文 ㉑。	三趾烏便出現禪位讖文。
王子愛清吹 ㉒，	王子晉喜愛吹笙作鳳鳴，
日中翔河汾 ㉓。	正午乘鶴飛翔河汾之濱。
朱公練九齒，	陶朱公修練長生不老術，
閒居離世紛 ㉔。	隱居田園遠離塵世糾紛。
峩峩西嶺內，	高聳入雲巍峩的西嶺內，
偃息常所親 ㉕；	長眠於此與山丘永相親；
天容自永固 ㉖，	天子聖容永遠留存不滅，
彭殤非等倫 ㉗。	豈能與壽命的長短並論。

❶ 重離：即重黎，人名。傳說中古帝顓頊的子孫，這裏指晉代皇帝司馬氏。據《晉書·宣帝紀》載，司馬氏的先人「出自帝高陽之重黎」，為了避嫌疑，詩人故意用與「黎」字相偕的「離」字。又離，卦名，《易傳》：「離為日」，日，古時代表皇帝。南陸：南方的大地，即指長江以南的土地。這句是說晉朝皇帝的光輝照亮南方的土地。實際上是說晉元帝司馬睿於建武元年（公元 317 年）在南方重建晉朝，都建康（今江蘇省南京市），史稱東晉。東晉之前是西晉，建都北方的洛陽（今屬河南省），始於泰始元年（公元 265 年），晉武帝司馬炎篡魏自立，晉愍帝建興四年（公元 316 年）為匈奴貴族建立的漢國所滅。

❷ 鳴鳥：指鳳凰，比喻賢才。這句是說東晉建國之初人才濟濟，賢臣雲集，充滿了朝氣。

❸ 融風：立春的風。又司馬氏的祖先重黎是祝融，即火神。照字面解釋：祝，大也。融，明也。所以融風兼指司馬氏的帝風。這二句是用秋草與融風的現狀比喻東晉王朝的國運已日益衰微。

❹ 素礫：白色的小石塊。礫，小石塊、碎石。古人常礫玉並舉，礫比喻奸邪，玉比喻賢良。晶：顯明、皎白，做動詞用，引申為顯現。修渚：長長的水中陸地。這裏指長江邊的東晉京都建康。這句是說朝中奸邪當道。

❺ 南嶽：五嶽（五大名山）之一，即衡山，在湖南省衡山縣西。晉元帝即位詔曾說：「遂登壇南嶽。」此處是以南嶽指代江左（長江下游以東地區，即江蘇省一帶）的。雲：紫雲，即紫氣，古代術數家（以種種方術觀察自然界現象，推測人和國家的氣數和命運的人）指這是王者之氣。無餘雲：指東晉王朝的氣數已盡。無餘，一點也沒有剩餘。

❻ 豫章：古代郡名，治所在今江西省南昌市，此處指代劉裕。晉安帝義熙二年（公元 406 年），劉裕以戰功被朝廷封為豫章郡公，從此他聲位日隆，最後走上篡位之路。詩人用劉裕舊日封地來稱呼他，是一種隱晦的手法。抗：抗衡、對峙。高門：即皋門。皋，高通用。古代皇都有五門，最外為皋門。此處借指東

晉朝廷。這句說劉裕羽毛已豐，與司馬氏政權分庭抗禮。

❼ 重華：舜的名字，也有說是舜的號，舜是名。這裏代指晉恭帝。他曾被廢為零陵王，而舜的墳墓就在零陵（今湖南省寧遠縣東南）的九嶷山，所以用重華代恭帝。固：但、只。靈墳：指葬於九嶷山舜的墳墓。這句是緊接上句說，劉裕與朝廷對抗，晉恭帝只有走上死亡之路。

❽ 抱中嘆：心中嘆息。抱，懷抱、心胸。

❾ 司晨：報曉，也指報曉的公雞。這裏指公雞報曉的啼聲。這兩句是說流淚嘆息，通宵不眠。傾耳細聽，公雞報曉，天已亮了。

❿ 神州：古人稱中國赤縣神州，這裏指國內。嘉粟：粟，北方通稱「穀子」，去殼後叫「小米」，子實圓形或橢圓形，是我國北方的糧食作物。嘉粟是指一莖多穗的禾穀，被認為是吉祥的徵象。義熙十三年（公元 417 年），鞏縣（在河南省鄭州市西南）人得嘉粟九穗，劉裕把它獻給恭帝，恭帝又歸賜裕。

⓫ 西靈：當為「四靈」之訛。指龍、鳳、麟、龜。恭帝禪位給劉裕，禪位詔中有「四靈效瑞」（四靈都是宋朝將替代晉室而顯現的吉祥徵兆）之語。為我馴：為我所馴服，即為我效力。

⓬ 諸梁：即沈諸梁，字子高，春秋時楚人，封於葉（今河南省葉縣），稱葉公。董：督領、統帥。師旅：即軍隊。古代兵制五百人為一旅，五旅（二千五百人）為一師。

⓭ 羋勝：即白公勝，楚平王之孫。封於白，故號白公。據《史記·楚世家》記載，白公欲篡楚位，自立為王。月餘，葉公率領軍隊攻之。白公兵敗自殺。楚國政權得以持續。這裏以羋勝喻劉裕。上下二句是說羋勝篡楚，當時有沈諸梁（葉公）平叛，而今劉裕篡晉，卻沒有人來捍衛江山。

⓮ 山陽：山陽公，即漢獻帝劉協。建安二十五年（公元 220 年），魏王曹丕稱帝，廢漢帝劉協為山陽公。退位十四年後去世。山陽，古縣名。在今河南省焦作市東。歸下國：貶黜到下屬的小國去為諸侯。這句以曹丕廢漢獻帝為山陽公，比

喻永初元年（公元 420 年）劉裕廢恭帝司馬德文為零陵王。

⑮ 不勤：不去慰問。《逸周書．諡法解》：「不勤成名曰靈。」古代帝王不善終者，
追諡為靈。接着上句是說，漢獻帝被廢，曹丕並未慰問，但可得善終。而晉恭
帝禪位，卻被酖害，不勤成名，命運更為悲慘。

⑯ 卜生：即卜式，西漢人，畜牧主出身，精通牧羊之道，有一次，漢武帝路過他
牧羊的處所，稱讚他，他說：統治人民和牧羊一樣，依時起居，把不好的清除
掉，不要讓牠敗群。武帝對他的言論表示驚奇，並延請他出來做官。這句以卜
式的精通牧羊，暗喻劉裕玩弄權術，剪除朝中異己，為篡位作準備。

⑰ 安樂：安樂公，即三國蜀漢後主劉禪（劉備的兒子），炎興元年（公元 263
年），魏軍迫成都，他出降後被封為安樂公。此句以劉禪不得為國君，暗喻晉
恭帝被逼遜位。

⑱ 平王：周平王（？至公元前 720 年）因為避犬戎（遊牧於今陝西省彬縣岐山一
帶的少數民族）之亂從鎬京（西周國都，故址在今陝西省西安縣韋曲公社西北）
東遷到洛邑（今河南省洛陽市）。「去舊京」指的就是此東遷之事。暗喻東晉開
國君主晉元帝司馬睿離開西晉舊都洛陽東遷建康（今南京市）。

⑲ 峽：同「郟」指郟鄏，即今之洛陽市。納：引進。遺薰：獫鬻的後代。薰，同
獫。獫鬻，古代從事遊牧的少數民族，主要分佈在今陝西、甘肅、內蒙古西
部。這裏泛指胡人。上下二句意為晉元帝離開洛陽東遷建康之後，中原一帶就
被北方的胡人侵佔了。

⑳ 雙陽：陽為日，雙陽，寓「昌」字。指晉孝武帝司馬昌明。甫云育：剛剛生
育。云，語助詞，無實義。據《晉書．孝武帝紀》：「初，簡文帝見識云：『晉
祚盡昌明』。」當初，讖文預言（巫師或方士製作的一種隱語或預言，作為吉
凶的符驗或徵兆）孝武帝沒有後嗣。可是他卻生下安帝、恭帝兩個兒子，晉朝
的國祚得以延續。

㉑ 三趾：即三足，指三足鳥。三足鳥的出現象徵着將改朝換代，據說曹魏承受漢

禪讓的帝位時就有三足烏出現。左思《魏都賦》有「莫黑匪烏，三趾而來儀（黑色的是烏鴉，有三足的神鳥飛臨到此地）」之句，其注云：「延康（東漢末代皇帝漢獻帝年號）元年（公元 220 年），三趾烏見於郡國。」元熙二年晉恭帝讓位，給劉裕的詔書中也說：「瞻烏爰止，允集明哲。夫豈延康有歸，咸寧告謝而已哉！」前兩句是說，看那飛翔的日烏將落在屋宇之上，普天之下，人們都把目光集中到英明賢德的人士的身上。後二句是說漢獻帝讓位給魏，魏元帝（咸寧是元帝年號）讓位給晉，現在晉讓位予宋（劉裕）都是天意。奇文：指劉裕為了篡位假造的天象或讖語等。

❷ 王子：指王子晉。清吹：吹笙。王子晉，神話中的人物，相傳是周靈王太子，喜歡吹笙作鳳凰鳴聲，為浮丘公引往嵩山（在河南登封縣北）修煉，後來成仙，乘鶴升天而去。這裏隱去晉字，實是王子晉，倒讀為晉王子，指晉安帝，晉恭帝。說他們也如王子晉仙去，即雙雙被害死去。

❷ 日中：正午。「正」具有「典」（合乎準則、法度）的含義。正午，典午也。《三國志‧蜀志‧譙周傳》：「典午者，謂司馬也。」因為典、司都有掌管的意思。午，生有為馬，「典午」隱指司馬氏政權。河汾：黃河、汾河（黃河第二大支流，在山西省中部）流域，屬古晉國之地。這句說司馬氏（恭帝、安帝）魂魄飛翔歸故時封地，說明晉朝政權的覆亡。

❷ 朱公：陶朱公，即范蠡。春秋末期越國大夫。曾助越王勾踐刻苦圖強，滅亡吳國，後來到陶（今山東省定陶西北），改名陶朱公，以經商致富，最終浪跡江湖，不知所蹤。九齒：長壽。九，諧音久；齒，年齡。練九齒：修煉長生之術。此二句以陶朱公自喻（「朱公」故意隱去「陶」字），說自己要離開塵世的糾紛隱居起來，以頤養天年。

❷ 峨峨：高高直立的樣子。西嶺：山名，可能是指晉恭帝葬身之地。偃息：安臥休息。常所親：永遠和山丘（大自然）親近。這兩句是說晉恭帝長眠於西嶺，與大自然相親。

㉖　天容：天子之容顏。指恭帝的形象。永固：永遠存留在人們心中。

㉗　彭：彭祖，傳說故事人物。生於夏代，至殷設末時已七百六十七歲（一說八百餘歲）。彭，指長壽。殤：未成年而死，指短壽。彭殤連用，指壽命的長短。非等倫：不能同等看待。等倫，同類。上下二句是說恭帝的聖容永留人們心中，是不能與壽命的長短相提並論。

【賞析】

　　這首詩從第一句「重離照南陸」至第八句「重華固靈墳」，是概括寫東晉國勢由興盛而衰落直至覆滅的歷程；然後由第九、十句「流淚抱中嘆，傾耳聽司晨」，詩人對東晉覆亡悲痛莫名以至徹夜嘆息流淚過渡到下文。從第十一句「神州獻嘉粟」至第二十二句「三趾顯奇文」具體敘述劉裕如何用各種卑劣手段（如編造天文祥瑞）逼恭帝禪位並殘酷地殺害他。第二十三句「王子愛清吹」至終篇，寫詩人面對劉裕的暴行感覺到人間的醜惡，因而產生遠離塵世閒居頤養天年，並對恭帝的慘遭殺害表示無限的悼念之情。

　　讀這首詩時，特別要注意最使詩人悲憤的不是東晉的覆亡，而是東晉末代皇帝遭劉裕殘酷殺害。詩中提到魏篡漢，曹丕並沒殺害獻帝，只是不去慰問（「山陽歸下國，成名猶不勤」），也寫到劉禪降魏，也只是逼他退位，貶黜為安樂公，生命均得以保存。而劉裕卻在恭帝表示自願讓位之後貶黜他，還加以殘害。他曾對大臣說：「桓玄之時，天命已改，重為劉公所延，將二十載，今日之事，本所甘心。」意為，元興元年（公元402年），桓玄篡晉，稱楚，改元永始，貶晉安帝為平固王，自那時開始，晉已滅亡，幸虧後來年劉裕起兵討伐桓玄，玄兵敗被殺，次年晉安帝復位，

晉祚才得以延續到元熙二年（公元 420 年），近二十年，所以自己的禪讓是心甘情願的。恭帝的慘死只能證明劉裕的嗜血本性。在本詩中詩人數處寫及恭帝的死，如「重華固靈墳」、「王子愛清吹，日中翔河汾」，以及末四句，哀痛之情，溢於言表。這也是他「流淚抱中嘆，傾耳聽司晨」的主要原因；充分展示了他對弱者的人道同情，當然其中亦蘊含重用其先輩的東晉王朝（詩人曾祖陶侃東晉時曾官至八州都督，封長沙郡公，死後追贈大司馬，祖輩、父輩也任職於晉室）的不勝依戀。因此，讀此詩時，不可忘記貫串全詩的這條感情主線。

有人把這首詩看成為政治諷刺詩，我則勿寧把它看成為政治抒情詩，儘管詩中有對晉朝從興盛到衰亡的歷史敘述，也有對野心家劉裕篡晉殺帝惡行的揭露。但詩人的主要旨意是通過敘述與揭露，抒發自己滿腔的悲憤與不平。讀詩時，我們可以看見詩人的眼淚，更可以聽到詩人的嗚咽。整首詩，字字是血，句句是淚，正是其藝術魅力所在。

詠荊軻

【題解】

　　這是一首詠史詩，大約作於宋武帝永初三年（公元 422 年），詩人五十八歲前後。

　　荊軻（？至公元前 227 年）：戰國末年刺客。衛國人，遊歷燕國，燕人叫他荊卿，後被燕太子丹尊為上卿（諸侯的高級軍政官員）。燕太子丹在秦國做人質時，曾遭秦王嬴政的侮辱，返國後，立志要報仇，於是遍交豪傑、招募勇士，準備刺殺秦王。荊軻被推薦之後，深受太子丹的禮遇。燕王喜二十八年（公元前 227 年），太子丹認為時機已到，乃派荊軻攜帶由秦逃亡到燕的將軍樊於期頭顱，以及夾有匕首的督亢（今河北省易縣、涿縣、固安縣一帶）地圖赴秦。臨行時，太子丹和眾賓客穿着白衣白帽在易水岸上與他餞別，高漸離擊筑，荊軻和而唱道：「風蕭蕭兮易水寒，壯

士一去兮不復還。」（風聲蕭蕭，易水凜冽，我此去不作生還的打算了）眾人聽了，皆痛哭流涕。到了秦國，秦王在咸陽宮召見他們。荊軻獻地圖，地圖慢慢展開，最後露出匕首，他左手抓住秦王衣袖，右手持匕首刺秦王，未刺中，被殺。以上記載見《史記·刺客列傳》的荊軻部分。此詩主要部分即根據其中的資料寫成的。其餘資料取自《戰國策·燕策》和《淮南子·泰族訓》。司馬遷是把荊軻寫成一個為報知己之恩敢於向暴君挑戰的俠義之士。陶淵明在詩中熱烈歌頌荊軻的從容就義氣貫長虹的行為。篇末對其失敗表示極度的惋惜。字裏行間透露出詩人情緒的激動，表現了他創作時投入的程度。

在人們的印象中，陶淵明是靜穆飄然的，但這首詩卻給人以十分關懷世事的印象。梁啟超在《陶淵明》中說：「他所崇拜的是田疇（三國魏義士）、荊軻一流人，可見他的性格是哪一種路數了。……要之，淵明是極熱血的人，若把他看成冷面厭世的一派，那便大錯了。」

【譯注】

燕丹善養士 ❶，	燕太子丹善待門下食客，
志在報強嬴 ❷。	目的在報復強暴的嬴政。
招集百夫良 ❸，	誠心招募天下所有良才，
歲暮得荊卿 ❹。	到了年底才尋覓到荊卿。
君子死知己，	君子為知己可犧牲生命，
提劍出燕京 ❺。	提起寶劍毅然離開燕京。
素驥鳴廣陌，	白色駿馬在大道上嘶鳴，
慷慨送我行 ❻。	眾人慷慨激昂為我送行。

雄髮指危冠 ❼，	怒髮直頂着頭上的高冠，
猛氣衝長纓 ❽。	猛氣衝動了繫帽的長纓。
飲餞易水上，	擺酒送別在易水的岸上，
四座列群英 ❾。	眾多英豪列席於四座中。
漸離擊悲筑 ❿，	漸離擊筑樂音慷慨悲壯，
宋意唱高聲 ⓫。	宋意和唱聲調高亢雄勁。
蕭蕭哀風逝，	淒厲的冷風蕭蕭吹過去，
淡淡寒波生 ⓬。	凜冽的水波輕輕蕩不停。
商音更流涕 ⓭，	商音悲涼更使人熱淚下，
羽奏壯士驚 ⓮。	羽調激昂壯士為之震驚。
心知去不歸，	心中明知此去必死不歸，
且有後世名 ⓯。	只能給後世遺留下聲名。
登車何時顧 ⓰，	登上車子不再回首看望，
飛蓋入秦庭 ⓱。	奔馳如飛迅速到達秦庭。
凌厲越萬里，	勇往直前逾越萬里河山，
逶迤過千城 ⓲。	曲曲折折走過千座大城。
圖窮事自至 ⓳，	地圖展盡匕首顯露出來，
豪主正怔營 ⓴。	秦王嬴政因此膽戰心驚。
惜哉劍術疏，	可惜啊荊軻劍術欠精良，
奇功遂不成 ㉑。	不平凡功業竟沒能完成。
其人雖已沒，	他雖然早已離開了人世，
千載有餘情 ㉒。	千百年後人們仍未忘情。

❶ 善：善待。養士：供養的門客。士，門客，食客。這裏指春秋戰國時期諸侯供
養並為他們奔走、出謀劃策的人，他們大多有一技之長。

❷ 報：報復、執仇。強嬴：強暴的秦國。嬴，是秦王的姓。當時的秦王是嬴政，

就是後來的秦始皇。

❸ 招集：招募，廣泛徵集。百夫良：百人中最出色的人才。百，比喻很多。夫，舊時稱成年男子。這二句是說燕太子丹為了報復秦王對他的侮辱，廣泛徵集勇士。

❹ 歲暮：年終。荊卿：荊軻。卿，是一種尊稱。

❺ 君子：人格高尚的人。死知己：為知己而死（犧牲自己生命）。知己，彼此互相瞭解而情誼深厚的人，二句是說荊軻懷着為知己而死的感情，提着劍離開燕國的京城（今北京市區）。

❻ 素驥：白馬。驥，良馬。廣陌：廣闊的道路。陌，阡陌。田間南北方向的道路叫阡；東西方向曰陌。這裏泛指田野道路。這兩句說白馬在大道上嘶鳴，太子與賓客等懷着激奮的心情來為荊軻餞行。《史記‧刺客列傳》載：「太子及賓客知其事者，皆白衣冠以送之。」

❼ 雄髮：雄健有力的頭髮，即怒髮。指：直立，直衝。危冠：高帽子。危，高。

❽ 猛氣：勇猛之氣。長纓：長長的繫帽的絲帶。纓，古代帽子上繫在頷下（兩頰的最下部分）的絲帶。這兩句極寫荊軻當時義憤填膺，壯懷激烈的情狀。

❾ 飲餞：設酒食送行。易水：水名，在今河北省易縣境內。二句說燕丹在易水邊，為荊軻餞別，四座坐滿送行的門客。

❿ 漸離：高漸離，戰國時燕人，荊軻至友。擅長擊筑，荊軻刺秦王失敗後，漸離改變姓名，給人做傭工。秦始皇聽說他善擊筑，命人薰瞎雙眼，使擊筑，他在筑中暗藏鉛塊，撲擊始皇，不中被殺。筑：古代擊打絃樂器，形似箏，頸細而肩圓。有十三絃，絃下設柱。演奏時，左手按絃的一端，右手執竹尺擊絃發音，悲筑，悲壯的筑音。

⓫ 宋意：燕國的勇士。唱高聲：唱出高昂的歌聲。

⓬ 蕭蕭：風吹發出的聲音。逝：吹過去，一作起。淡淡：水波動蕩的樣子，此二句形容送行時哀風蕭蕭、寒波淡淡的悲涼情景。

⓭　商音：古代音樂中五音（宮、商、角、徵、羽）之一，此句是說商音蒼涼，使人聽後傷心流涕。

⓮　羽奏：羽聲奏出的聲調。壯士：豪壯勇敢的人。這句說羽調高亢激昂使壯士聽後膽戰心驚。

⓯　且有：將有。這兩句是說心中深知此去沒有返回的機會，只是名聲將會流傳後世。

⓰　何時顧：什麼時候回頭看望過。即何曾回望。顧，回頭。此句意為登車之後，頭都不回地走了。表示為了道義，勇往直前，決不猶豫退縮。

⓱　飛蓋：形容車子飛速前行。蓋，車蓋，此處代指車，是運用部分借代全體的修辭手法。庭：朝廷。

⓲　凌厲：形容氣勢迅速而猛烈，銳不可擋。逶迤：本來是形容道路、山脈、河流等彎彎曲曲延續不絕的樣子。這裏作不畏艱辛，曲折前行解。二句形容荊軻為完成復仇任務，逾越萬里河山，跨過千座城池才到達秦庭的情景。此句是前兩句的補充：先寫「登車何時顧，飛蓋入秦庭」，再回過頭來補充從「登車」直至抵達「秦庭」的具體過程。

⓳　圖窮：地圖展現到最後。窮，盡。事自至：行刺的事發生了。

⓴　豪主：強橫的君主，指秦始皇。豪，豪橫、強橫、仗勢欺人。怔營：惶恐不知所措的樣子。據《史記・刺客列傳》載，當時的情況是：「秦王發圖（展開地圖），圖窮而匕首見，因左手把（扯住）秦王之袖，而右手持匕首揕（直刺）之。未至身（沒刺到身體），秦王驚，自引而起（自己抽身站起來），袖絕（斷），拔劍，劍長，操其室（只能抓住劍鞘），時惶急，劍堅，故不可立拔（當時心裏慌張，劍又套得緊，所以不能立刻拔出）。」可見秦王驚惶的情狀。

㉑　惜哉：可惜啊。哉，嘆詞，相當於「啊」。疏：生疏，不夠純熟，不精通。奇功：不平凡的功業，如果荊軻行刺成功，嬴政被刺死，中國的歷史將改寫了，所以說是奇功。遂不成：竟然失敗了。這兩句寫出詩人對荊軻行刺失敗原因的

分析，以及無限惋惜的心情。此二句他引魯句踐的話，化而用之：「魯句踐（可能是當時精通劍術的人）已聞荊軻之刺秦王，私（私底下）曰：『嗟乎，惜哉其不講於刺劍之術也！』（可惜他不講究刺劍的技術啊！）」按照當時的情況，秦朝法律規定群臣上殿，不得帶任何武器，侍衛在殿下，沒有詔令不得上殿。在極端緊急之時，秦始皇驚惶失措，連佩劍都拔不出來，更忘了詔侍衛上殿，只知繞着柱子跑，荊軻都未能刺中。後來秦王拔劍，砍斷他的左腿。他最後一擊，也只刺中銅柱。可見說他劍術不精是有一定的道理的。不過司馬遷記載了他臨死前對秦王說的一番話：「事所以不成者，以欲生劫之，必得約契以報太子也（事情所以不成功，乃是因為我想抓活的，脅迫你訂立歸還諸侯土地的盟約，然後回報太子啊）。」可見這還是一個值得探討的歷史懸案。

㉒ 其人：那人，指荊軻。沒：死。千載：千百年後，陶淵明寫這首詩離開荊軻被殺約六百年，所以說「千載有餘情」的主語不僅是詩人，而是此後世世代代的人們，人們永遠都會對他懷有深情，即懷念他。

【 賞析 】

這首詩主要是根據《史記‧刺客列傳》中荊軻部分（《刺客列傳》記述五個刺客的故事，其中以荊軻寫得最詳盡，比重亦最大）寫成的。原文約三千五百字，而本詩濃縮成一百五十字（不到原文的二十分之一）來表現份量相當的內容。它們在文學史上的地位可以並駕其驅，閃爍着永恆的光輝。可見陶淵明詩歌技巧的高超。也說明了作為最高的文學形式的詩歌從內容的高度集中、概括，語言的極度精粹、凝煉，能做到「一粒沙反映一個世界，一滴水反映一個海洋」。

詩中剪裁詳略分明，極具特色。詩中前四句僅簡單介紹太子丹為報仇

強秦而費了極大工夫覓得荊軻，自然是禮遇有加。接着用二十句重點敍述荊軻赴秦之行，集中表現荊軻為了報答知己與強暴抗爭視死如歸的氣概。然後只用「圖窮事自至」以下四句概述刺殺失敗的過程，而這點《史記》中卻用了約四百字來詳細敍述。最後兩句，抒發了詩人的惋惜以及崇敬的情思。

　　讀此詩時要注意第八句的「慷慨送我行」，由本來的第三人稱改為第一人稱，我們可以視送荊軻入秦的二十句敍述角度統統是以荊軻為主，這樣讀，有助於深入荊軻的感情世界，感受詩句的藝術魅力。

乞食

【題解】

　　這首詩可能寫於南朝宋元嘉三年（公元 426 年），那時陶淵明六十二歲。

　　據史書記載，元嘉三年大旱，並有蝗災，在同時作的《有會而作》的序言中有「頗為老農，而值年災」、「朝夕所資，煙火裁通。旬日以來，始念飢乏」之句，說明長久務農的自己遇到災荒之年，生活相當艱難，只能維持早晚兩餐所需，不至於斷炊，而且當前已經不能長期堅持，開始覺得飢餓疲乏，這就是詩人寫《乞食》時的處境。

　　乞食：向人乞求飯食或財物。不過在此詩中並非真的乞食，乃是詩人飢乏之時向親友借貸。從詩中主人的「遺贈」以及「談諧終日夕」可以看出他們之間的關係。

【譯注】

飢來驅我去❶，	飢餓逼迫我離家行乞去，
不知竟何之❷。	但是不知道應該去哪裏。
行行至斯里❸，	走啊走啊走到一個鄉里，
叩門拙言辭❹。	敲開門不知説什麼才是。
主人解余意，	主人深深理解我的來意，
遺贈豈虛來❺？	贈送物品怎能讓我白來？
談諧終日夕❻，	談得很投機日與夜相繼，
觴至輒傾杯❼。	舉起酒盅大家一齊乾杯。
情欣新知歡❽，	交上新朋友真使人開心，
言詠遂賦詩。	言談吟詠之間寫起了詩。
感子漂母惠❾，	感謝你賜飯的一番恩惠，
愧我非韓才❿。	慚愧我欠缺韓信的雄才。
銜戢知何謝⓫，	如何來酬謝我心中有數，
冥報以相貽⓬。	只有死後幽冥中報答你。

❶ 驅：驅使，強迫人按照自己的意志行動。

❷ 竟：究竟。何之：去哪裏。之，往。

❸ 斯里：這個鄉里。里，古代五家為鄰，五鄰為里。

❹ 拙言辭：拙（笨拙）於言辭，口才不好，此處意為不知怎麼說好。因為跟人借錢，難以啟齒。

❺ 遺：贈送、遺贈，同義複詞。豈虛來：怎麼能讓我白來一趟。

❻ 談諧：言談和諧，即談得很融洽、很投機（因見解相同）。終日夕：一直到晚上。

❼ 觴：古代稱酒杯。至：酒杯遞過來。輒：總是。傾杯：乾杯。

❽ 情欣：心情欣悅。新知歡：新朋友。

❾ 子：對主人的尊稱。漂母惠：漂母對韓信的恩惠。用《史記‧淮陰侯列傳》中韓信的故事。信少年時貧窮，在城下河邊釣魚。有一位漂洗衣服的老婦見信飢餓，給他飯吃。信非常感激，對她說，日後我一定重報答你。後來信輔佐劉邦取得帝位，被封為楚王，果然召來漂母，以千金報謝。

❿ 韓才：韓信的才能。

⓫ 銜戢：存藏在心中。銜，心中懷着。如銜恨。戢，收藏、收斂，如戢怒。這句是說你的恩惠我藏之於心，並且知道應如何報謝。

⓬ 冥報：死後在幽冥（陰間）設法報答。貽：贈送，這裏指答謝。

【賞析】

　　此詩可以分三個層次來欣賞。前六句為第一層。寫詩人被飢餓所逼，不得不離家行乞，但目的地為何處則內心茫然。走到鄉里一家門口，敲門見了主人面又難以啟齒。好在主人對他的生活狀況十分同情，馬上慷慨相贈；第二層為以下四句，寫與主人暢談甚歡，主人還拿出酒來款待，他們成了新知，不但暢談飲酒，還賦起詩來；最後四句抒發了對主人款待的由衷感激，並表達出自己懷才不遇的慨嘆。有才能有抱負的知識分子淪落到行乞，讀起來能不令人唏噓。

　　這首詩前四句寫詩人被生活所逼離家行乞，漫無目的前走（「不知竟何之」），以及主人開門後難以啟齒（「叩門拙言辭」），完全用白描手法刻畫出行乞時複雜的心理活動。蘇軾說這些詩句「大類丐者口頰」正是詩人親自體驗的結果。最後幾句對主人感激之語乃是發自肺腑之言，亦絕非虛應故事。

　　詩貴真，才能動人，陶淵明做到了這點，因而不朽。

挽歌詩（三首選一）

【題解】

　　這組詩寫於宋元帝元嘉四年（公元 427 年）陶淵明六十三歲之時。陶氏辭世於該年十一月，而此組挽歌詩寫於九月。在第三首有「嚴霜九月中，送我出遠郊」之句為證。另有一篇《自祭文》中有「歲惟丁卯，律中無射」等語亦指的是同年同月，可能是詩人年邁體衰覺時日無多而自挽、自祭的，在《陶淵明集》中二者均置末篇，可視為陶氏的絕筆。

　　挽歌：葬歌。古代人死後親友對他表示哀悼的歌，原本為牽挽（拉）靈車者所唱的歌。這組詩是詩人離開人世前的自挽之詞。詩人設想自己死後的情景。第一首寫死後收殮時親友的哀痛，但對自己而言，一切是非榮辱都不足道；第二首寫祭奠出殯，自己橫臥荒野，一切的祭奠物品再豐盛均毫無意義，第三首寫埋葬，自己被埋在不見天日的墓穴中，送葬的人回去之後，很快就會將自己遺忘，自己也終將歸為塵土。

【譯注】

荒草何茫茫 ❶，	郊外的野草一片茫茫，
白楊亦蕭蕭 ❷。	墳上的白楊作響蕭蕭。
嚴霜九月中，	九月中旬嚴寒的冰霜，
送我出遠郊。	把我的遺體送去遠郊。
四面無人居，	荒郊四周沒有人居住，
高墳正嶕嶢 ❸。	一堆堆墳墓聳起高高。
馬為仰天鳴，	拉靈車的馬仰天鳴嘯，
風為自蕭條。	風兒吹起處處顯蕭條。
幽室一已閉 ❹，	幽暗的墓室一旦閉合，
千年不復朝。	永遠不會再有陽光照。
千年不復朝 ❺，	永遠不會再有陽光照，
賢達無奈何 ❻。	賢士達人亦無可奈何。
向來相送人 ❼，	當初送我出葬的人們，
各自還其家。	送殯之後都各自回家。
親戚或餘悲 ❽，	有些親戚仍懷有悲哀，
他人亦已歌。	其他人已快樂唱起歌。
死去何所道，	死去了還有什麼可說，
託體同山阿 ❾。	寄託身體於山陵罷了。

❶ 何：何其，多麼。茫茫：沒有邊際看不清的樣子。

❷ 蕭蕭：風吹白楊，葉子發出的聲響，古人常在墓上種植松、柏、白楊等。

❸ 嶕嶢：高聳的樣子。

❹ 幽室：墓穴。一已：一旦已經。

❺ 千年：長久，永遠。朝：天明。此二句是說墓穴一旦閉合，就永遠是黑夜，不

再天明，沒有陽光照進來了。

❻ 賢達：有才能、德行和聲望的人。

❼ 向：當時（指出葬之時）。

❽ 親戚：指關係密切的親人，父母妻子兄弟姐妹等。

❾ 託體：寄身，寄居。山阿：山陵。陶淵明《雜詩》第七首中有「家為逆旅舍，我如當去客。去去欲何之？南山有舊宅」（家啊，不過是一間旅舍，走啊走啊要上哪兒去，南山有我陶家的墓宅）。可見這山阿指的是廬山山麓的柴桑山。這二句是說死亡沒有什麼大不了，不過是把身體從寄身人間，轉而託體給大自然罷了。

【賞析】

　　這首詩作者設想自己死後送葬時的情景與感觸。首二句用古詩中的「回顧何茫茫，東風搖百草」以及「白楊何蕭蕭，松柏夾廣道」的語意；描寫墳墓環境的淒涼，三、四句更用送殯時嚴寒的霜天，襯托森冷的氣氛，送殯者心情由此可見。五、六句極寫環境的孤寂，人跡不至，只見高墳座座聳立。七、八句以馬鳴風聲更襯托其靜寂。九至十二句寫墓穴的幽暗，一旦閉合，將永遠不見天日。接着四句詩人想像送葬完畢親友各自返家之後或有餘悲或已唱歌，很快都將自己遺忘。末句幽默地表示對死亡的態度，死亡沒有什麼，只不過是寄身的地方不同而已。這顯示出詩人順應自然規律的曠達的人生態度。

　　這首詩語言淺近，但思想深邃，耐人咀嚼，正是陶淵明的高明處。詩中不用典故，也沒有什麼深奧的詞語。每個字、每個詞、每個句子都是從胸臆中自然的流露。但情景、情思卻得到藝術化的表現，動人至深。要特

別注意第十與十一句兩個疊句的運用，說明了墓穴一閉合從此幽明永絕，真是慘絕人寰，送殯時，令親友悲慟欲絕的正在這一剎那。

　　古代評論家曾給此詩以極高的評價，清溫汝所云：「三篇中尤調高響絕，千百世下如聞其聲，如見其情也。」

文

桃花源記并詩

【題解】

　　這首詩及記大約寫於宋武帝永初二年（公元 421 年），那時陶氏五十七歲。

　　某些本子把題目寫成《桃花源詩并記》。另外一些更將「詩」與「記」分開編排。有的學者認為「記」是「詩」的序言，是附屬於「詩」的；有的則認為二者是相對獨立的，「記」是記述傳聞故事（當然其中有陶淵明的虛構和創造），「詩」是抒發對傳聞的體會與感想，因而是先有「記」，後有「詩」。「記」可以離「詩」而存在，「詩」雖然不能離開「記」，但並非「記」的附庸，只是說明「詩」是因「記」有感而發罷了。雙方各執一詞，難下定論。讀者可根據自己的觀察下結論。

在詩文裏，陶淵明為人們描繪出一幅與塵世隔絕的人間樂園。在那裏有優美、和平、寧謐的自然環境，人們過着平等、自由、和諧的生活。這是千百年來每隔一段時間（或數十年或二、三百年）就有一次朝代更替的大動亂，遭受兵燹、流離顛沛，被驅不異雞與犬的中國古代老百姓所夢寐以求的樂土，所以《桃花源記》問世之後，即為人們所廣為傳誦。許多大詩人都以此為題材歌詠不已。如唐宋兩代，孟浩然有《武陵泛舟》，王維和王安石有《桃源行》，一直到近代，如丘逢甲有《題桃源圖》，皆可為佐證。

這篇詩與記所顯示的美學觀不但影響中國後代詩歌，還影響及後代的繪畫。在中國畫中，以桃花源為題材的很多。出人意料的是它竟然影響到當代及外國的建築。日本有一所名為 Miho 的私人博物館，該博物館屬私人興建，展品以古董為主。這座建築物由華人著名建築師貝聿銘設計的。它坐落在一個遠離塵世的山區，其設計採用《桃花源記》的意念。前往該館參觀，必須穿過一條隧道，出了隧道口，豁然開朗，便可見到被樹林所包圍的玻璃建築物——博物館了。相信今後一定還會是文藝家汲取靈感的泉源。

桃花源，是陶淵明創造的一個人間樂園，其原型，說法不一。有人說即廬山的康王谷（又名楚王谷，今江西省星子縣境）；有人說在安徽徽州（今黃山市）；也有人說在河南的弘農或陝西的上洛。但一般都認為是在武陵（今湖南省桃源縣），因為記中有「晉太元中，武陵人」之語。

記

【譯注】

晉太元中 ❶，
晉朝太元年間，

武陵人 ❷，
武陵地方有一個人，

捕魚為業。
靠捕魚來維持生計。

緣溪行 ❸，
他沿着溪流划船前行，

忘路之遠近。
不記得自己已走多遠。

忽逢桃花林，
忽然遇到一片桃花林，

夾岸數百步 ❹，
溪流兩岸寬有幾百步，

中無雜樹 ❺，
中間沒有夾雜別的樹，

芳草鮮美，
芳香的青草鮮艷美麗

落英繽紛 ❻。
樹上的花瓣紛紛飄落。

漁人甚異之 ❼。
捕魚人覺得十分詫異。

復前行，
就繼續駕舟向前行進，

欲窮其林 ❽。
想穿越那片密密桃林。

林盡水源 ❾，
走盡樹林到溪流源頭，

便得一山。
在那裏便看見一座山。

山有小口，
山中有一個小小洞口，

彷彿若有光。
好像有一縷光亮透出。

便捨船，
於是他離開了那條船，

從口入 ❿。
從那洞口向裏面走去。

初極狹，
洞口開始時十分狹窄，

纔通人；
剛剛能容一個人通過；

復行數十步，	可是走了幾十步之後，
豁然開朗❶。	便突然開闊明朗起來。
土地平曠❷，	只見土地平坦而寬廣，
屋舍儼然❸。	房舍都排列得很整齊。
有良田、美池、桑、	有肥沃田地、美麗池塘、桑樹、
竹之屬❹。	竹子一類東西。
阡陌交通❺，	田間的小路縱橫交錯，
雞犬相聞❻。	雞鳴犬吠能互相聽到。
其中往來種作❼，	人們來來往往勤耕作，
男女衣著，	男男女女身上的穿戴，
悉如外人❽，	跟外面的人完全相同，
黃髮垂髫❾，	不論是老頭兒小孩子，
並怡然自樂❿。	都幸福快樂滿面笑容。
見漁人，	看見捕魚的人，
乃大驚㉑，	不禁十分驚訝，
問所從來㉒，	紛紛詢問是從哪裏來，
具答之㉓。	漁人一一詳盡地回答。
便要還家㉔，	他們便邀請他到家裏，
設酒、殺雞、作食。	擺酒殺雞做飯款待他。
村中聞有此人，	村民聽說有這麼個人，
咸來問訊㉕。	都跑來打聽外面消息。
自云㉖：	並且向漁人自述身世：
先世避秦時亂㉗，	先輩為躲避秦代動亂，
率妻子邑人，	帶領妻子兒女和鄉親，
來此絕境㉘。	來到此與世隔絕地方。

不復出焉，	再也不從此地出去了，
遂與外人間隔。	於是跟外界的人隔絕。
問今是何世 ㉙，	問起現在是什麼朝代，
乃不知有漢 ㉚，	竟然不知道有過漢朝，
無論魏晉 ㉛。	更不用說魏朝晉代了。
此人一一為具言所聞 ㉜，	漁人把所知道的統統說出來，
皆嘆惋 ㉝。	他們聽後都嘆息不已。
餘人各復延至其家 ㉞，	其餘的人各自請漁人到家中，
皆出酒食。	都擺出美酒佳餚招待。
停數日辭去 ㉟。	逗留幾天才辭別離去。
此中人語云 ㊱：	桃花源人囑咐他說道：
「不足為外人道也。」 ㊲	「不要對外人講這裏的事啊。」
既出 ㊳，	漁人從桃花源出來後，
得其船 ㊴，	找到了他所乘坐的船，
便扶向路 ㊵，	就沿着來時的路回去，
處處誌之 ㊶。	一路上處處做下記號。
及郡下 ㊷，	當他到達武陵郡城裏，
詣太守 ㊸，	就馬上前往拜謁太守，
說如此 ㊹。	報告自己的所聞所見。
太守即遣人隨其往 ㊺，	太守立即派人隨他去，
尋向所誌 ㊻，	尋覓以前所做的標誌，
遂迷不復得路 ㊼。	卻迷失找不到那條路。
南陽劉子驥 ㊽，	南陽有個叫劉子驥的，
高尚士也。	是一位清高的讀書人。

聞之 ❹⁹，	聽到這離奇的故事後，
欣然規往 ❺⁰，	高興地規劃要去尋找，
未果 ❺¹，	但是願望並沒有實現，
尋病終 ❺²。	沒有多久因得病去世。
後遂無問津者 ❺³。	此後就無人來尋找了。

❶　太元：東晉孝武帝的年號（公元 376 至 396 年）。

❷　武陵：郡名。今在湖南常德市一帶。

❸　緣：沿着。

❹　夾岸：溪流的兩側岸邊。步：舊制長度單位，一步等於五尺，也可作「腳步」解。

❺　中無雜樹：沒有別的樹木夾雜其中，即完全是桃樹。

❻　落英：落花。英，花的書面語。繽紛：繁多而凌亂。

❼　異之：對桃林感到驚異。之，代詞，代桃林。

❽　窮：走完。

❾　林盡水源：桃林的盡處就是溪水的源頭。

❿　舍：通捨。捨棄，離開。

⓫　豁然：開闊通達的樣子。這句是形容由狹窄幽暗一變開闊明亮。

⓬　平：平坦。曠：空而寬闊。

⓭　儼然：整整齊齊的樣子。

⓮　之屬：一類的東西。

⓯　阡陌：田地中間縱橫交錯的小路，南北方向的小路叫阡，東西方向的叫陌。交通：相交互通。

⓰　雞犬：雞鳴犬吠之聲。這句是說各村落之間雞鳴犬吠之聲都能互相聽得到。這句用《老子·八十章》中的話：「鄰國相望，雞犬之聲相聞。」

⓱　其中：桃花源中。種作：耕種勞作。

⓲ 衣著：身上的穿戴，包括衣服、鞋、襪、帽子等。悉如：完全相同。

⓳ 黃髮：褐黃色的頭髮，指代老人。舊說這是長壽的特徵，所以用來指代老人。

  垂髫：古代兒童垂下的頭髮，所以用來指代童年或兒童。

⓴ 怡然：形容喜悅。自樂：自己覺得很快樂。

㉑ 乃：副詞，表示上下句的順承關係。

㉒ 所：助詞。從來：從什麼地方來。

㉓ 具：通「俱」，完全，詳盡。之：他們，指桃花源中的人。

㉔ 要：通「邀」，邀請。

㉕ 咸：都。問訊：打聽信息。

㉖ 自云：桃源中人自己說。

㉗ 先世：先輩、祖先。秦時亂：指秦末賦役繁重，刑政苛暴，禍亂頻仍，人民紛
  紛逃避。

㉘ 妻子：妻子兒女。邑人：同縣的鄉親。邑，舊時縣的別稱。絕境：與外界交通
  斷絕的地方，指桃花源。

㉙ 間隔：隔絕。何世：什麼朝代。

㉚ 乃：竟然。

㉛ 無論：更不用說。

㉜ 為具言：對桃花源中的人詳細述說。所聞：所聽到看到的事情。

㉝ 嘆惋：慨嘆惋惜。

㉞ 餘人：其餘的人，指前此沒有「設酒殺雞作食」的人。延：延請，邀請。

㉟ 停：停留、逗留。

㊱ 語云：說道，叮囑道。

㊲ 不足：不值得，不要。道：說。

㊳ 既：已經。

㊴ 得：找到。

❹⓪　扶：沿着。向路：原先的道路，即來時的路。

❹①　誌：作標誌，作記號。

❹②　及：到。郡下：郡城裏，指武陵郡治所郡政府辦公所在地。

❹③　詣：前往拜見。太守：一郡最高的行政長官。

❹④　如此：指自己到桃花源的經歷。

❹⑤　即：立即。

❹⑥　向：原先，以往。指漁人離開桃源時的一路上。

❹⑦　遂：竟然，終竟。

❹⑧　南陽：郡名。郡治在今河南省南陽市。劉子驥：劉驎之，字子敬，晉太元年間
　　　的隱士。

❹⑨　之：這件事。

❺⓪　規往：規劃前往尋覓。

❺①　果：實現。

❺②　尋：不久。病終：病逝。

❺③　問津：問路。此處指探尋。津，渡口。

【賞析】

　　本記描繪了一個千百年來被各種禍亂困擾的中國人所盼望的樂園。
這個樂園與世隔絕：沾染不到俗世的塵埃；景色美麗，空氣清新，環境靜
謐，人際關係和諧，人人安居樂業，過無憂無慮的生活。文章末尾，作者
告訴我們，這個樂園只是一個烏有之鄉，只存在於想像之中。儘管如此，
世世代代，人們仍然不斷憧憬着它，希望這「世外桃源」能在人間呈現。

　　本文頭尾齊整，極有章法。它是按照漁人的行動順序記敘其奇遇的。

從漁人偶逢桃花林寫起，寫到林盡水源，進入桃花源，見到種種美好景象，遇到先世避秦來桃花源的居民，他們熱情邀請到家裏作客，交談洞內外情況，再寫辭別返回時處處做上記號，以便以後再來，但後來千尋萬覓終於未能找到桃花源。

文章可分三部分：第一部分寫逢桃花林，介紹其優美的外界環境。第二部分寫訪桃花源，詳寫漁人入桃花源後所見的美好景象和居民的生活狀況，表現了自己理想中的社會模式，突出全文的中心。這是本部分為什麼寫得詳細的原因了。第三部分寫尋桃花源，尋者中，一個尋而不得，一個欲往而未果，雖然寫得很簡略，但在藝術上產生了似真疑幻的效果，頗具魅力。

在語言方面。本文十分簡練。文中多短句，讀起來具節奏感，作者常把主語省略，但又不混淆難明。以下例子中括號內的詞語乃省略者：「晉太元中，武陵人，捕魚為業。（漁人）緣溪行，忘路之遠近。（漁人）忽逢桃花林，（桃花林）夾岸數百步……（漁人）復前行，欲窮其林。」這種情況記中所在多有，很值得學習，以免文章重複囉嗦。

詩

【譯注】

嬴氏亂天紀 ❶，	秦始皇擾亂天下的綱紀，
賢者避其世。	賢能的人躲避他的統治。
黃綺之商山 ❷，	黃夏公綺里季逃到商山，
伊人亦云逝 ❸。	桃花源人也都紛紛遠離。
往跡寖復湮 ❹，	遺跡被侵蝕終於埋沒了，

來逕遂蕪廢 ❺。	來時的道路便荒蕪廢棄。
相命肆農耕 ❻，	大家互相勉勵盡力農耕，
日入從所憩 ❼。	太陽下山任憑己意休息。
桑竹垂餘蔭 ❽，	桑與竹垂下茂密的樹蔭，
菽稷隨時藝 ❾。	豆類和穀物隨時序種植。
春蠶收長絲，	春天養蠶收取長長良絲，
秋熟靡王稅 ❿。	秋日收穫勿須繳納王稅。
荒路曖交通 ⓫，	荒蕪的道路沒有人往來，
雞犬互鳴吠 ⓬。	卻能互相聽到雞鳴狗吠。
俎豆猶古法 ⓭，	祭祀依然遵守古代禮法，
衣裳無新制 ⓮。	衣着的樣式也不見新奇。
童孺縱行歌 ⓯，	兒童縱情地邊走邊唱歌，
斑白歡遊詣 ⓰。	老頭歡樂地遊玩樂孜孜。
草榮識節和 ⓱，	青草榮茂曉得時節暖和，
木衰知風厲 ⓲。	樹木衰落知道北風淒厲。
雖無紀曆誌，	雖然沒有曆書記載歲時，
四時自成歲 ⓳。	但是四季轉換自成年歲。
怡然有餘樂，	高高興興有無窮的快樂，
于何勞智慧 ⓴。	又何必勞神去動用智慧。
奇蹤隱五百 ㉑，	奇異蹤跡隱藏了五百年，
一朝敞神界 ㉒。	一旦顯露竟是神奇世界。
淳薄既異源 ㉓，	世風淳薄既然根源相異，
旋復還幽蔽 ㉔。	出現了以後隨即又隱蔽。
借問遊方士 ㉕，	請問那些遊於方內之士，
焉測塵囂外 ㉖？	世外桃源的美好怎測知？

願言躡輕風 **㉗**，　　　　　　　　　我真希望駕着輕盈的風，

高舉尋吾契 **㉘**。　　　　　　　　高高飛起尋訪知心友誼。

❶ 嬴氏：秦國君主姓嬴，這裏指嬴政，即秦始皇。天紀：天體運行的規律，此處指天下的綱紀，即社會的秩序和國家的法紀。

❷ 黃綺：指秦末漢初的隱士夏黃公和綺里季，他們和東園公、角里先生都是秦時的賢者，為逃避秦代暴政，一起隱居於商山（在今陝西省商縣）。到漢初，已經是白髮蒼蒼的八十多歲的老人了，漢惠帝（公元前 195 至前 188 年在位）給他們立碑，稱為「四皓」（皓，皓首，白頭髮，代稱「老翁」）。之：去，往。

❸ 伊人：此人，意中有所指的那些人，指桃花源居民的祖先。云：語助詞，無實義。逝：逝去，離去。上下二句是說夏黃公、綺里季四人去商山隱居時，桃花源居民的祖先也逃離了亂世。

❹ 往跡：桃花源居民當初來時遺留下的蹤跡。浸：通浸，逐漸消蝕。復：又、更。湮：湮沒、埋沒。這句是說往跡被時間逐漸磨蝕終於湮滅了。

❺ 來逕：來桃花源的道路。逕，通徑，路徑。上下二句是說來桃花源的路徑也荒蕪得無從辨認了。

❻ 相命：互相勉勵，互相督促。肆：肆力，盡力。

❼ 日入：太陽下山。從所憩：任憑自己的意思休息。憩，休息。這兩句說明居民自覺耕種，並沒有人強迫，勞作對他們來說是很輕鬆的。

❽ 餘蔭：濃密的樹蔭。餘，多餘，眾多。說明枝葉茂盛。

❾ 菽稷：泛指五穀。菽，本謂大豆，引申為大豆的總稱。稷，一說是玉米（其果實為玉蜀黍）一類作物，一說是穀子。隨時藝：根據節令種植。藝，種植。

❿ 春蠶：春天養蠶。蠶，這裏做動詞用。即養蠶。靡：沒有。王稅：官稅，官府徵收的捐稅。這二句是說努力勞作，收穫甚豐，全歸自己所有，不必像桃花源外世界繳納賦稅。

⓫ 曖：隱蔽。交通：來往。這句是說由於被荒草所遮蔽，看不到道路，阻礙人們

來往。

⑫ 互鳴吠：雞鳴犬吠之聲可以互相聽得到。這兩句是說人們來往雖受到道路不能暢通的阻礙，但雞鳴犬吠卻能相聞。

⑬ 俎豆：古代祭祀時使用的器具。俎，用來盛牛、羊、豬等祭品。豆，用來盛食物。此處指祭祀的儀式。古法：古時的禮法，指秦代的禮法。

⑭ 無新制：沒有新的款式。這二句是說祭祀的儀式和衣裳的樣式還保存先秦的原狀，約六百年來一直沒有什麼變化。

⑮ 童孺：兒童、小孩子。二字義同，是同義合成詞。縱：放縱、縱情。行歌：一邊走一邊唱。

⑯ 斑白：（頭髮）花白，指代老人。遊詣：前往到處遊玩。

⑰ 草榮：花草茂盛。識：識得，知道。節和：季節暖和，即言春天來臨。

⑱ 木衰：樹木凋落。風厲：北風寒冷刺骨，即言冬天到來。

⑲ 紀曆誌：推算年月日和節氣的書，即曆書。四時：指春夏秋冬四季。自成歲：自然成一年。這二句是說雖然沒有曆書可看，但四季循環交替自然知道已經一年了。

⑳ 怡然：欣悅的樣子。餘樂：充分的快樂。餘，餘裕、富裕、充足。于何：幹什麼，又何必。勞智慧：費神，動用智慧。此二句意為既然生活已經過得十分和美，那就沒有必要費神再去做別的追求了。

㉑ 奇蹤：奇異的蹤跡，指桃花源中人們與當代人不同的生活方式。隱：隱沒。五百：從秦末到東晉太元年間漁夫發現桃花源將近六百年，此處說五百係成數。

㉒ 一朝：一旦，不確定的時間詞，表示「忽然有一天」或「要是有一天」，這裏乃指前者。敞：敞開、顯露。神界：神奇的境界，指桃花源。

㉓ 淳：淳樸（誠實樸素），指桃花源淳樸的民風。薄：澆薄、輕浮，指追求名利的世俗之風。異源：指上述兩種風氣不同的來源。

㉔ 旋：很快地。復還，又回復到。幽蔽：幽隱深蔽的狀態。此二句是說由於桃花源內外世風來源不同，二者互不相容，所以桃花源被發現之後又隱蔽起來，人們已是尋覓無從了。

㉕ 借問：敬辭，用於向人打聽事情，與「請問」意同。遊方士：遊於方內之士，指生活在世俗社會裏的人。相對於遊於方外之士（遠離塵世的隱士、道士）而言。語見《莊子‧大宗師》：「孔子曰：彼，遊方之外者也；而丘（孔子自稱），遊方之內者也。」

㉖ 焉測：怎麼能測知（想像）。塵囂外：喧囂塵世之外（指桃花源）的美好。

㉗ 願：希望。言：語助詞，無義。躡輕風：乘駕輕快的風。躡，踩、踏。

㉘ 高舉：高高飛起。舉，起飛。吾契：和自己意氣相投（的朋友）。

【賞析】

　　首四句總括地說明桃花源存在的時代背景。以秦末的四皓避亂世而逃到商山與桃源人離開故里來到此地相提並論，說明人們追求和平幸福的生活的願望。五、六兩句對桃花源的無從尋覓表示惋惜。接着用十八句（從「相命肆農耕」至「于何勞智慧」）描述桃花源人民不違天時，勤勞耕種，農產豐收。勿需繳稅，自家享受勞作成果。所有的人，不論兒童老人都自由自在，歡樂無比。人與人之間都和睦相處，爾虞我詐的現象根本不存在。人際關係十分單純，人們用不着耍智巧，其樂也融融。從「春蠶收長絲，秋熟靡王稅。荒路曖交通，雞犬互鳴吠」可以看出詩人多麼嚮往人人平等。沒有戰亂的大同社會啊。接着四句，詩人慨嘆由於這個淳樸的桃花源與澆薄的塵俗格格不入，因此只有繼續隱蔽起來，跟人世隔絕，以免受到污染。而這就是為什麼漁人出了桃花源之後，雖然處處誌之，但最終還

是尋覓不到的原因了。最後四句的首二句是說塵俗的人是不會想像出桃花源的美好，末二句是說這種理想的境界世俗的人不會有興趣，只有自己，乘輕風與如同商山四皓的志同道合的人一起去尋覓了。可見它是承接此詩的首二句「嬴氏亂天紀，賢者避其世」而來。首尾呼應，說明了結構之嚴謹。

「桃花源」的《記》與《詩》各有重點，又是相輔相成的，收相得益彰之效。《記》中敘述漁夫發現桃花源的經過，描寫桃花源的美景以及人民的幸福生活。詩人是有所寄託的。但寄託的內容並沒有在其中直接表述，於是讓詩來補充。例如說到桃源社會的由來，《記》中雖然已有「自云先世避秦時亂，率妻子邑人來此絕境，不復出焉」的敘述，詩中卻更明確道出時代背景為「嬴氏亂天紀」，是秦始皇當政施行暴政之時，故此引致「賢者避其世」。此外，言及桃源社會的特點，《詩》比《記》不僅更為詳細具體，例如耕種情況，《記》中只寫「其中往來耕作」，而《詩》則是「相命肆農耕，日入從所憩」，可以看出村民一起到田地裏耕種，日落各自回家休息。「春蠶收長絲，秋熟靡王稅」，顯示了他們是生活在一個共同享用勞動成果的「天下為公」的大同社會。此內容也是《記》中所未曾有的。

在寫作手法上，《記》與《詩》也有所不同。《記》用客觀的記敘方法，通過武陵漁人的經歷，虛構一些情節，創造出一個令人神往的世外桃源，從而表現他對和平、平等社會的憧憬；《詩》則直接表述詩人對和平、平等社會的嚮往，敘事、描寫、議論與抒情兼而有之。在結構上，《記》先寫桃源美境，後點出避亂世之旨；《詩》則先敘避世之因，後寫桃源美境，各呈異趣。

五柳先生傳

【 題 解 】

從本文描述的家徒四壁、衣着破損、無酒可飲的貧窮情況來看,此詩
可能是作於晚年,約當宋武帝永初元年(公元 420 年)左右。

六朝梁蕭統(公元 501 至 531 年)在《陶淵明傳》中說:「嘗著《五
柳先生傳》以自況(比喻自己),時人(當時的人)謂之實錄。」蕭統生
活的年代離開陶淵明不遠,所言諒必有根據。由此可見《五柳先生傳》是
一篇自傳性的散文。作者假託五柳先生描敍自己的興趣與愛好,真實地表
現不追求榮華富貴,不煩憂貧窮困苦,一切順應自然的豁達性格。

【譯注】

先生不知何許人也 ❶，
先生不知道是什麼地方人，

亦不詳其姓字 ❷。
也不清楚他的姓名和別字。

宅邊有五柳樹 ❸，
房屋旁邊有五棵柳樹，

因以為號焉 ❹。
因此就以五柳先生為別號。

閒靜少言 ❺，
文雅安詳，沉默不愛說話，

不慕榮利。
不羨慕榮華富貴功名利祿。

好讀書，
喜愛博覽群書，

不求甚解 ❻；
但不鑽牛角尖只是理解精神；

每有會意 ❼，
每當對要旨有所領略體會，

便欣然忘食。
便高興得飯都不記得吃了。

性嗜酒，
生性特別愛好飲酒，

家貧不能常得。
因家境貧窮不能常常得到。

親舊知其如此 ❽，
親戚故友知道他這種情形，

或置酒而招之 ❾。
有時準備了酒招待他來飲。

造飲輒盡 ❿，
他接受邀請總是把酒喝光，

期在必醉 ⓫。
目的是不醉不罷休。

既醉而退 ⓬，
醉倒之後告辭回家，

曾不吝情去留 ⓭。
並沒有不捨得離去。

環堵蕭然 ⓮，
家徒四壁空蕩寂寞，

不蔽風日 ⓯。
不能遮蔽風吹日曬。

短褐穿結 ⓰，
粗布短衣補釘處處，

簞瓢屢空 ⓱，
簞和瓢裏經常是空的，

晏如也 ⓲。
卻無憂無慮安然自得。

常著文章自娛，	經常寫文章娛樂自己，
頗示己志 ⑲。	很能表現自己的志趣。
忘懷得失 ⑳，	不把得與失放在心上，
以此自終。	就這樣地度過了一生。
贊曰 ㉑：	贊語說：
黔婁之妻有言 ㉒：	黔婁的妻子有如下的話：
「不戚戚於貧賤 ㉓，	「不為貧賤而憂愁煩惱，
不汲汲於富貴 ㉔。」	不為富貴而終日奔忙。」
其言茲若人之儔乎 ㉕！	她說的就是五柳先生這類人吧！
酣觴賦詩 ㉖，	酒喝到盡興時吟起詩，
以樂其志。	使自己心情愉快歡樂。
無懷氏之民歟？	他是無懷氏時代的人呢？
葛天氏之民歟 ㉗？	還是葛天氏時代的人呢？

❶ 何許：何處，什麼地方。

❷ 不詳：不清楚。字：根據本名中的字義另取的別名叫「字」，也叫「表字」，如岳飛字鵬舉，李白，字太白等。

❸ 宅邊：住宅旁邊。五柳樹：五棵柳樹，省略量詞「棵」，古文中這種情況很普遍。

❹ 號：舊時名，字以外另起的稱號。如蘇軾，字子瞻，號東坡居士；李白，字太白，號青蓮居士等。焉：語尾助詞，無實義。

❺ 少言：話語不多，即沉默寡言。

❻ 不求甚解：只領會書中的要旨或精神，而不死啃字句，牽強地解釋，把本來沒有這種意思說成有這種意思。這句成語和一般含貶義解釋成「只求懂得大概，不求深刻理解」不同。

❼ 會意：領略體會其深意。

❽ 親舊：親戚舊友。舊，老交情、老朋友。如此：這種情形，指家貧不能常有酒飲。

❾ 置酒：設酒、擺酒。招之：邀請他，招待他。之，代詞，指五柳先生。

❿ 造：前往，到。輒盡：總是喝光。

⓫ 期：期望，希望，引申為「目的」。

⓬ 既：已經。退：告退，告辭。這二句是說他去飲酒，總是把主人準備的酒喝光，一定要喝醉才罷休。

⓭ 曾：則，乃。吝情：捨不得。去留：偏義合成詞，指「去」（離開）。這句是說，儘管飲得很痛快，但不會不捨得離開。

⓮ 環堵：環繞房屋的四堵（道）牆壁。蕭然：寂寞冷落，形容空蕩蕩的樣子。這句是說家裏除了四堵牆壁外，周圍空空蕩蕩，一無所有，與「家徒四壁」意同。

⓯ 蔽：遮蔽、遮擋。這句形容房屋破舊不堪。

⓰ 短褐：粗布做的短衣服。褐，粗布或粗布衣服。古時富貴人家穿遮住肢體的絲綢長衣，貧窮的人才穿粗布短衣。穿：穿洞。結：打補釘，在破損的衣服上縫補。

⓱ 簞：古時用竹編製的圓形盛飯器皿。瓢：盛水的器具。《論語·雍也》中孔子說學生顏回貧窮：「一簞食，一瓢飲，在陋巷，人不堪其憂，回也不改其樂，賢哉，回也。」（一筐飯，一瓢水，住在簡陋的小巷裏，別人都受不了這種窮苦的生活，顏回卻沒有改變他的快樂，多麼賢德啊，顏回！）以上四句描述五柳先生的窮困潦倒。

⓲ 晏如：平靜安適的樣子。

⓳ 示：表示、表達。志：志趣，志向和興趣。

⓴ 忘懷：忘記。得失：得到或失去，成功或失敗。

㉑ 贊曰：贊語。古代歷史傳記中經常用「贊」對所記人物作評論。本文仿照史傳

體寫法，評價五柳先生的一生。

㉒ 黔婁：春秋時齊國（一說魯國）的隱士，魯恭公請他為國相，齊威王以黃金百斤聘他為卿士（執掌國家政務的長官），他都拒絕了。一生清貧，死後殮布都遮不住屍體，頭和腳皆露在外面。他的妻子給他諡號（人死後依其生前事跡給予的稱號）為「康」（「安」、「樂」的意思）。並說他「甘天下之淡味，安天下之卑位，不戚戚於貧賤，不忻忻於富貴。求仁而得仁，求義而得義，其諡為『康』，不亦宜乎！」（意思是說：甘願粗茶淡飯，安心於卑微的地位，不因貧賤而煩憂，也不因富貴而歡欣。他追求仁就得到仁，追求義就得到義，給予「康」的諡號，不是很恰當嗎？）

㉓ 戚戚：憂愁悲哀的樣子。賤：地位低下。

㉔ 汲汲：急切追求的樣子。

㉕ 茲：則、乃。若人：此人，指五柳先生。儔：類。這句意為：黔婁的妻子說的就是五柳先生這類人吧。

㉖ 酣觴：酒喝得醉醺醺地。一作銜觴，口銜酒杯，即飲酒。賦詩：寫詩。

㉗ 無懷氏、葛天氏：傳說中遠古時代部落名。相傳其民安居樂業，民風淳厚樸實。這二句是說五柳先生的品格風貌及生活方式像遠古時代原始部落中人。

【賞析】

這篇自傳分為兩個部分，第一部分是正文，第二部分為贊語。

先談第一部分：一般的傳記文都要敍述傳主的世系、籍貫、生平事跡等，這篇傳記僅僅使用「先生不知何許人也，亦不詳其姓字。宅邊有五柳樹，因以為號焉」，短短二十五個字就將上述部分全免了。用這種方式寫傳記是極具獨創性的，比起一般呆板地從姓名籍貫世系順序寫下來的傳

記文確實靈活得多。句意諧趣。設下懸疑，使讀者對這位無姓氏，僅有號的人物產生神秘感。在此基礎上，作者再用九十九字簡要地介紹了傳主的性格、志趣、嗜好、家境等，塑造出一個不為貧賤而煩憂，也不為富貴而奔忙，率真樸實、超塵脫俗的高士形象。這九十九字是承上面二十五字而來，是給它作補充說明的，只有像九十九字中所述的那類人才會無姓氏，並以宅邊五棵柳樹為別號，此人與世俗的人群格格不入，而與大自然的林木卻是靈犀一點通的啊。

第二部分是贊語，先引用春秋時代隱士黔婁的妻子讚美黔婁的兩句話，說明五柳先生是一位求仁求義的隱士。更進一步，作者說五柳先生飲酒賦詩，使自己內心歡愉。最後兩句總結五柳先生的品格風貌、生活方式，並以設問句說明他與遠古部落之民相近，而與當前世俗之輩相遠。

從整篇而言，此文結構嚴謹，一扣套一扣緊密相連。從部分來看，也是如此。在介紹了姓氏別號之後，作者寫五柳先生性格「閒靜少言，不慕榮利」，然後環繞「不慕榮利」這一特徵，寫讀書、飲酒、安貧、著文四方面。眉目清晰，對表現性格大有裨益。

作者不論寫五柳先生讀書、飲酒、居屋、衣着、著文，均能抓住其細節特徵，使用白描手法，簡潔地加以表現，於是一個衣衫襤褸、居住在破爛房屋裏情操高潔的隱士形象鮮明地浮現於世上，後代詩人在他面前都不免產生高山仰止的敬慕之情。李白在《寄韋南陵冰余江上乘興訪之遇尋顏尚書笑有此贈》一詩中的「夢見五柳枝，已堪掛馬鞭。何日到彭澤，長歌陶令前」之句中那種仰慕之情，溢於言表。